KB042877

매니지
먼트의
제왕

매니지
먼트의
제왕 4

초판 1쇄 인쇄일 2017년 10월 18일 ㅣ **초판 1쇄 발행일** 2017년 10월 20일

지은이 펜쇼 ㅣ **펴낸이** 곽동현 ㅣ **담당편집 팀장** 이범수
편집부 신연제 김예리 이윤아 홍현주 김유진 조서영 임소담 정요한 김미경

펴낸곳 (주) 조은세상 ㅣ 출판등록 제 2002-23호
주소 경기도 연천군 미산면 청정로 1355
TEL 편집부 02)587-2966 ㅣ FAX 02)587-2922
e-mail bukdu@comics21c.co.kr

펜쇼 ⓒ 2017
ISBN 979-11-6171-288-8 ㅣ ISBN 979-11-6171-198-0(set) ㅣ 값 8,000원

매니지먼트의 먼트의 제왕

4

NEO MODERN FANTASY STORY

펜쇼 현대판타지 장편소설

북두
(주)좋은세상

펜쇼 현대판타지 장편소설

NEO MODERN FANTASY STORY

CONTENTS

펜쇼 현대판타지 장편소설

NEO MODERN FANTASY STORY

CONTENTS

매니지
먼트
제왕

1장. 분위기 반전

일주일 후.

정호는 퇴원을 했다.

그사이 정호가 깨어났다는 소식을 듣고 경찰들이 찾아왔지만 범인이 자신의 죄를 자백한 상황이었기 때문에 의심은 어렵지 않게 피할 수 있었다.

애초에 미국에 들어온 지 얼마 되지 않은 정호가 범인과 함께 뭔가를 꾸몄으리라 생각하는 것 자체가 정황상 말이 되지 않았다.

게다가 사망자가 있는 것도 아니었다.

"좋습니다……. 협조에 감사합니다."

몇 가지 의심스러운 부분이 있지만 연결점이 없다는

점에서 납득을 하며 경찰이 그렇게 떠났다.

경찰이 떠나고 병실 앞에서 기다리던 민봉팔이 들어와 말했다.

"휴~ 너 때문에 심장 떨려서 못 살겠다……. 다음부터는 이런 일이 있어도 나는 끼워 주지 마……."

정호가 피식 웃으며 대답했다.

"그때는 내가 걱정돼서 심장이 떨릴 텐데도?"

"이런…… 그렇다면 그냥 나한테 다 말해……. 알고 심장이 떨리는 게 더 낫겠지……."

"걱정 마. 말하지 말라고 해도 말할 생각이었으니깐."

정호는 퇴원 후 최종 대본 문제부터 처리했다.

차별적인 시선이 있는 모든 부분의 전면 수정을 요구한 것이었다.

20세기 폭시사 측이 답변했다.

미국행 일행들에게 전화를 걸어 사과했던 토비 워커보다 직책이 높다는 그 사람의 답변이었다.

"말씀하시는 바가 무엇인지 알겠습니다. 저희도 그런 부분에서 신경을 쓰려고 노력하고 있고요. 하지만 담당자를 거치지 않고 결정할 수 없는 문제입니다. 담당자 토비 워커와 상의를 한 후 다시 연락을 드려도 괜찮을까요?"

민봉팔의 부축을 받은 채 서 있던 정호가 미국행 일행을 대표해서 대답했다.

"물론입니다. 귀사의 올바른 결정을 기대하겠습니다."

다음 날, 전화로 답변이 돌아왔다.

"담당자 토비 워커와 상의하여 귀측의 요구를 받아들이기로 했습니다. 금일 중으로 토비 워커가 숙소로 방문할 예정입니다."

토비 워커는 점심 식사 시간이 끝날 때쯤에 얼굴을 내비쳤다.

숙소의 초인종이 울렸고 김만철이 문을 열었다.

토비 워커는 김만철을 보자마자 자신의 트레이드마크인 카우보이모자를 벗어들었다.

미국행 일행들을 볼 때마다 마치 용서를 구하는 것처럼 이런 행동을 보이고 있는 토비 워커였다.

김만철은 굳은 얼굴로 그런 토비 워커를 아무 말 없이 쳐다봤다.

기묘한 대치가 길어지려는 찰나, 두 사람의 뒤로 민봉팔이 다가왔다.

"만철아, 손님 세워두고 뭐 하는 거냐?"

"글쎄요……."

떨떠름한 심정을 한마디 대답으로 드러낸 김만철이었다.

그런 김만철의 등짝을 민봉팔이 퍽, 소리가 나게 후려쳤다.

"아야!"

김만철이 민봉팔을 원망스런 눈으로 쳐다봤지만 민봉팔은 혀를 차며 이렇게 말했다.

"쯧쯧, 아직도 사춘기 청소년도 아니고 참……."

그러더니 토비 워커에게 사람 좋은 미소를 지으며 말을 이었다.

"기다리고 있었습니다. 안쪽으로 들어오시죠."

토비 워커는 공손히 고개 숙여 인사를 한 뒤 민봉팔을 따라서 안쪽으로 들어갔다.

안쪽에서 정호와 강여운이 앉아 있다가 토비 워커를 발견하고 자리에서 일어났다.

토비 워커가 두 사람에게 고개 숙여 정중히 인사를 했다.

특히 그중에서도 정호를 향해 아주 공손한 태도를 보이고 있었다.

정호가 토비 워커의 행동을 보며 소리 없이 웃었다.

약간의 난처함이 담겨 있는 웃음이었다.

"그럴 필요가 없다는데도 자꾸 그렇게 인사를 하시는군요."

정호의 말에 토비 워커가 대답했다.

"이게 편합니다. 몸도, 마음도."

잠시 후, 대니 젤위거도 미국행 멤버들이 쉬고 있는 숙소에 도착했다.

미국행 멤버들을 포함한 토비 워커와 대니 젤위거의 최종 대본 수정 작업이 본격적으로 시작됐다.

각자 한 부씩 동일하게 부분 체크가 된 최종 대본을 받아 들었고 김만철이 대본을 꼼꼼하게 살피며 체크된 부분에 대한 추가 설명을 했다.

토비 워커를 보며 다소 유치하게 행동하던 것과는 달리 김만철은 조리 있게 설명을 이어 나갔다.

그런 김만철의 모습을 보면서 정호가 생각했다.

'역시 능력이 있는 친구야. 조금 가볍게 행동하는 경향이 없지 않지만 그 부분은 봉팔이가 잘 잡아주고 있으니 문제없다. 확실히 민봉팔과 김만철은 아주 좋은 콤비다.'

정호가 생각에 빠져 있는 사이 김만철의 설명이 끝났다.

대니 젤위거는 수정 요청을 합당하다고 동의하며 체크된 대부분의 장면을 고쳐 보겠다고 답했다.

"흐름을 고려한 내용 수정 요구가 인상적이었습니다. 이대로라면 불러주신 설명만 그대로 옮겨서 적어도 대본이 완성되겠네요."

그러면서 슬쩍 토비 워커를 쳐다봤다.

토비 워커는 대니 젤위거의 시선은 아랑곳하지 않고 말했다.

"저도 딱히 문제가 되는 곳은 없다고 생각합니다. 흐름도 흐름이지만 흥행의 요소를 고려한 것이 인상적이군요. 완성도가 높아진다면 좋은 영화를 기대해도 되겠습니다."

토비 워커의 대답을 듣고 대니 젤위거가 놀란 표정을 지었다.

'토비가 뭔가를 잘못 먹었나……?'

대니 젤위거는 내심 토비 워커가 결국 이 상황을 뒤집어 엎을 거라고 생각했다.

정호가 분명 토비 워커를 구한 것은 사실이고 그런 까닭에 한국에서 온 멤버들을 바라보는 시선이 많이 개선되었지만 대니 젤위거가 보기에 토비 워커는 뼛속까지 인종차별주의자였다.

그런 사람이 한순간에 갑자기 바뀌리라고 생각하지 못하는 것은 당연한 일이었다.

'그런데 바꿔 놓았다……. 칼에 찔려도, 총에 맞아도, 죽으면 죽었지 인종차별주의자로 남을 것 같았던 토비 워커를 완전히 다른 사람으로 만들었어…….'

대니 젤위거가 놀란 눈으로 정호를 바라봤다.

대니 젤위거도 이 상황을 이렇게 만든 사람이 누군지를 직감적으로 알았다.

'용기가 만들어낸 기적인가…….'

물론 대니 젤위거가 생각하는 용기는 정호가 보여준 용기와는 조금 달랐다.

◇ ◆ ◇

며칠이 채 지나지도 않았는데도 토비 워커가 미국행 멤버들의 최종 대본 수정 요구를 받아들인 사실은 20세기 폭시사에 쫙 퍼졌다.

20세기 폭시사의 직원들이 수군거렸다.

"설마설마했는데 그 소문이 사실인 거야……? 토비가 새 사람이 되었다는 그 소문……."

"그런가봐……. 나도 소문으로만 들었을 때는 도무지 믿어지지가 않았는데…… 한국에서 온 그 친구들이 토비를 전혀 다른 사람으로 만들었어……."

"맞아……. 〈라스트 위크〉뿐만이 아니라 다른 작품에서도 토비가 동양인에 대한 우호적인 태도를 취하고 있대……."

"하지만 나는 걱정이야……. 그런 우호적인 태도가 오히려 토비라는 사람을 망칠 수도 있어……. 기억해 보라고 토비가 얼마나 뛰어난 전문가였는지를……! 그런데 그런 그가 바뀌다니…… 오히려 이건 역효과를 낼 수도 있을 거야……."

"글쎄……. 내가 들어본 바에 따르면 〈라스트 위크〉는 최종 대본 수정 후가 더 좋을 것 같다는데……? 뿐만 아니라 토비가 내린 결정들에는 전혀 오류가 없었어……. 우호적으로 변했다기보다는 공정함이 더해졌다고 생각하는 게 나을 것 같아……."

"확실히 토비는 달라졌어……. 이제 인종차별주의자 토비가 아니라 공정한 토비라고 부르는 게 옳을 거야……."

토비 워커는 이전까지 20세기 폭시사의 인종차별주의자를 대표하는 인물이나 다름없었다.

그런데 그런 인물이 마음을 고쳐먹자 20세기 폭시사 직원들의 가슴속에 움트고 있던 인종차별주의적 사상이 조금씩 변화했다.

토비 워커와 같은 급진적인 변화는 아니었다.

그저 인종차별주의적 사상의 크기가 아주 큰 사람은 조금 크게, 조금 큰 사람은 작게, 작은 사람은 아주 작게 변화했을 뿐이었다.

하지만 이런 변화는 20세기 폭시사의 분위기를 바꾸기에는 충분했고 미국행 멤버들을 바라보는 시선은 한결 가벼워졌다.

〈라스트 위크〉의 수정된 대본이 나오고 나서는 시선이 한층 더 달라졌다.

기존의 변화가 단순히 미국행 멤버들이 바라보는 시선이 한결 가벼워진 것에 그쳤다면 〈라스트 위크〉의 수정된 대본이 나오고 나서부터는 그 시선 안에 경이로움이 섞였다.

"너 혹시 〈라스크 위크〉의 대본 읽어봤어? 장난 아니더라, 진짜······."

"하도 여기저기 들려오는 얘기가 많아서 나도 읽어봤지. 엄청 놀랐어. 대본만 봐서는 뭔가 하나 터질 것 같던데?"

"확실히 저번 대본은 긴장감 유도와 적절한 위트 같은 게 좋았지만, 흐름이 약간 작위적이라는 인상을 지울 수가 없었거든. 근데 이번에는 달랐어. 흐름도 매끄럽고 사건이 해결되는 포인트가 전부 역동적인 느낌이야. 대니는 정말 천부적인 재능을 가졌어!"

"이 대본이 단순히 대니의 재능이 만들어낸 역작일까?"

"누군가의 도움이 들어갔다는 거야? 그게 누군데? 아아, 토비?"

"토비? 내가 듣기론 이번에 토비는 수정 요구에 대한 동의만 했을 뿐 직접적인 수정 방향은 제시하지 않았다고 그랬는데……."

"그럼 누가 도왔다는 거야? 설마…… 그 동양인들?"

"맞아. 대니도 분명 그 동양인들이 많은 도움을 줬다고 말했어."

"사람도 구하고 대본도 수정하고, 정말 대단한 동양인들인데?"

"동양인이라는 사실을 떠나야 해. 동양인이라는 사실을 떠나서 그들을 인정해줄 필요가 있다고."

"좋은 지적이야. 그들은 그들일 뿐이야. 동시에 그들은 아주 대단한 그들이지."

"그래! 그들은 단지 혁명가일 뿐이지!"

"저스트 레볼루션! 영화가 성공한다면 그들을 저스트 레볼루션이라고 불러야겠어!"

후반부의 발언은 어느 인도계 미국인과 중국계 미국인이 낸 다소 과장된 면이 없지 않았다.

하지만 어쨌든 20세기 폭시사의 분위기가 좋은 방향으로 변화하고 있다는 점에서 긍정적이었다.

그리고 이런 분위기를 미국행 멤버들에게 타일러가 전했다.

"대단한 반응입니다! 20세기 폭시사 내에세 이런 반응은 대통령이 바뀐 후 처음이라고요!"

한국계 미국인으로서 타일러는 어지간히도 대통령한테 맺힌 게 많은 모양이었다.

정호는 그런 부분을 딱히 지적하지 않고 대답했다.

"타일러의 말이 맞는 것 같군요. 다행입니다."

그러고는 생각했다.

'이제 슬슬 미국에서의 일도 마무리되는 건가.'

◇ ◆ ◇

한 달이 지나고 본격적인 〈라스트 위크〉의 촬영이 시작됐다.

수정을 하느라 시간이 오래 지체됐지만 막상 촬영에 들어갈 때까지의 시간은 그리 길지 않았다.

캐스팅이 이미 예전에 완료된 상태였고 〈라스트 위크〉의 감독인 대니 젤위거가 각본도 직접 썼기 때문에 시간이 지체될 이유가 없었다.

정호는 수십 대의 카메라 앞에서 자신의 연기력을 마음껏 뽐내는 강여운을 눈으로 좇았다.

'자꾸 역할의 설정이 바뀌어서 걱정했는데 컨디션은 좋아 보이는군.'

예전에도 말한 바가 있듯이 강여운은 생활에서부터 극중 인물이 되어 연기를 하는 편이었다.

그러다 보니 〈라스트 위크〉의 설정이 바뀔 때마다 걱정을 할 수밖에 없었다.

'설정은 자주 바뀌었지만 인물의 성격은 자주 바뀌지 않았지. 그게 좋게 작용한 모양이네.'

정호가 이런 생각을 하며 강여운의 연기를 살폈다.

강여운은 남자 주인공과 좋은 호흡을 보였다.

민봉팔도 강여운의 연기를 보고 있었는지 정호 옆에서 말했다.

"여운이 연기가 좋은데? 이번 영화 왠지 잘될 것 같아."

"설레발치지 말고 여운이 잘 케어해."

민봉팔이 정호의 말투에서 이상한 낌새를 느낀 모양이었다.

강여운에게서 눈을 떼고 정호를 돌아봤다.

"너…… 꼭 어디 가는 사람 같다?"

"이제 딱히 불안 요소가 보이지 않으니 돌아가 봐야지."

"어디로?"

"어디긴 어디야."

"한국? 언제?"

정호가 재킷에서 비행기표를 꺼내 보이며 대답했다.

"지금."

"뭐?"

정호는 대답 없이 천천히 촬영장을 빠져나갔다.

민봉팔이 할 말이 있는 듯 난리를 쳤지만 김만철이 민봉팔을 붙잡아 말렸다.

"도착하면 연락할게."

그렇게 정호는 손을 흔들며 촬영장에서 멀어졌고 촬영장을 완전히 떠나기 전 마지막으로 강여운을 돌아봤다.

강여운의 극중 배역은 진중하고 과묵한 성격이었다.

그렇기 때문인지 다음 신을 대기하고 있는 강여운도 말없이 의자에 앉아 감정을 잡고 있었다.

'다음번에 만났을 때는 조금 더 밝고 명랑한 여운이를 봤으면 좋겠군.'

정호는 이런 생각을 하며 미국 도전기를 마무리 지었다.

'정말 많은 일이 있었지……. 총까지 맞았으니깐…….'

미국에서 있었던 많은 일들이 정호의 머릿속을 스쳐 지나갔다.

'나도 참 고생이 많았군…….'

이제 한국에서의 일을 할 때였다.

자신의 진심으로 분위기가 반전된 〈라스트 위크〉의 성공을 기대하며.

매니지먼트의 제왕

2장. 돌발 행동

정호는 귀국을 하자마자 바로 사무실로 들어가는 길이었다.

들어가는 길에 공항 앞에서 민봉팔과 통화를 나눴다.

전화기 너머로 민봉팔이 불만을 터뜨렸다.

"이렇게 가 버리면 어떡해? 미리 언질이라도 좀 주던가……."

정호가 민봉팔을 달랬다.

"어차피 나 없이도 잘할 수 있잖아. 촬영에 들어가면서 상황도 안정적인 궤도에 오른 상태고."

"그야 그렇지만……."

민봉팔이 수긍을 할 것 같자 정호가 한마디를 더 덧붙였다.

"게다가 아주 귀국하는 것도 아니야. 두 주에 한 번씩은 시간을 내서 미국으로 갈 거야."

정호가 이렇게까지 말하자 결국 수긍의 대답이 돌아왔다.

"그래? 그러면 뭐 상관없겠지."

안심을 하는 듯한 민봉팔의 대답에 정호가 피식 웃었다.

괜한 엄살이었다.

민봉팔은 혼자서 미국에서의 일을 처리할 능력이 충분한 상태였고 본인도 그 사실을 알았다.

정호가 말했다.

"상관있을 건 또 뭔데. 됐고, 2주 뒤에 봐. 그동안 여운이랑 만철이 잘 보살펴주고."

"휴~ 결국 케어할 사람이 두 사람이네……. 알겠어, 다다음 주에 보자."

그렇게 정호가 전화를 끊었고 전화를 끊자마자 빵, 하고 자동차 클랙슨 소리가 울렸다.

정호는 클랙슨 소리가 울리는 쪽으로 고개를 돌렸다.

하얀 밴의 창문을 내려가며 운전석에 앉아 있는 곽진모가 보였다.

"부장님! 웰 컴백입니다!"

"어, 진모야. 오랜만이다."

간단히 곽진모와 인사를 나눈 정호가 밴에 올랐다.

원래라면 집 앞으로 바로 가는 공항버스가 있어서 그걸

타면 됐지만 정호는 급한 일 때문에 당장 사무실에 들어가야 하는 상황이었다.

아쉽게도 사무실 앞에 서는 공항버스는 존재하지 않았다.

그러다 보니 사정을 설명하고 곽진모를 부르는 수밖에 방법이 없었다.

이런 식으로 부하 직원을 부리는 건 좋아하지 않는 정호였지만 뾰족한 별다른 수를 찾기가 힘들었다.

정호가 운전을 하는 곽진모에게 말했다.

"미안하다, 진모야. 짐이 워낙 많아서 어쩔 수 없었어. 돌아올 날이 기약이라도 돼 있었으면 장기 주차라도 하는 거였는데 말이야."

곽진모가 사람 좋은 얼굴로 대답했다.

"에이, 괜찮아요. 그리고 저희 같은 월급쟁이가 무슨 돈이 있다고 장기 주차예요."

그래도 찜찜한 마음이 풀리지 않아 정호는 입맛을 다시며 중얼거렸다.

"택시라도 탈 걸 그랬나?"

"괜찮다니까요. 짐도 많은데 택시 탔으면 괜히 불편하기만 했을걸요?"

"그렇긴 하지……. 정말 고맙다, 진모야."

그 뒤로 두 사람은 회사의 근황에 대해서 이야기를 나눴다.

정 이사가 일을 잘 처리를 했는지 총괄매니지먼트부 3팀
에는 그동안 큰 문제가 없었던 모양이었다.

딱 며칠 전까지만.

정호는 자신이 급히 귀국을 했어야만 했던 이유에 대해
서 곽진모에게 물었다.

"서연이는 갑자기 왜 그랬대? 너 혹시 아는 거 있어?"

◇ ◆ ◇

원래 정호는 조금 여유롭게 귀국을 할 생각이었다.

미국에서의 일이 정리됐지만 굳이 급히 서두를 이유가
없었기 때문이었다.

하지만 그럴 수가 없게 됐다.

갑작스럽게 한국에서부터 걸려온 한 통의 전화로 인해
서.

"정호야, 큰일 났다. 사고야."

"네?"

"서연이가 쇼 미 더 패닉에 참가했다."

웬만하면 당황하지 않는 정호로서도 약간 당황스러운 소
식이었다.

그래서 되물었다.

"예? 그게 무슨 소리예요?"

"무슨 소리긴······. 당장 귀국하라는 소리지······."

그길로 정호는 귀국을 결정했다.

'어차피 정 이사님한테 모든 일을 다 맡길 수는 없어서 귀국을 할 생각이었지만 이렇게 귀국을 하게 될 줄은 몰랐군……. 어떻게 된 일이냐, 서연아…….'

원래 오서연의 캐릭터가 조금 파악하기 어려운 면이 있었다.

겉으로 보기에는 낙천적인 것 같지만 속으로는 늘 고민을 안고 사는 게 오서연이었다.

그러다 보니 오래 함께한 정호조차도 속마음을 파악하기 힘들었던 적이 많았다.

'이번에는 무슨 일이지……. 큰일이 아니어야 할 텐데…….'

사무실에 도착한 정호는 오서연이 있다는 연습실로 했다.

연습을 하고 있던 오서연이 정호를 보자마자 고개부터 숙였다.

"죄송합니다. 부장님."

정호는 일단 안심했다.

오서연의 행동은 이번 일을 속으로만 품고 있지 않을 거라는 뜻이었다.

내심 오서연이 과거에 그랬던 것처럼 갑자기 이런 선택을 하게 된 이유를 감출까봐 걱정했던 정호였다.

정호가 조심스럽게 입을 뗐다.

"그래…… 말해봐…… 왜 갑자기 그런 결정을 내린 거
야……?"

오서연은 망설이다가 자초지종을 설명하기 시작했다.

사건의 발단은 오서연이 전화로 데미의 부탁을 받은 것
이었다.

"응, 데미. 무슨 일이야?"

책상 앞에 앉아 손톱을 정리하고 있던 오서연이 데미의
전화를 받으며 묻자 데미가 대답했다.

"헤이, 서연. 나 허락받았다."

"무슨 허락?"

"쇼 미 더 패닉."

오서연이 살짝 놀라며 되물었다.

"진짜야? 오오, 실력 좀 발휘하겠는데?"

낫프리티 랩스타에 함께 출연한 이후 오서연과 데미는
지속적으로 연락을 주고받고 있었다.

그러던 중 데미는 오서연에게 지속적으로 쇼 미 더 패닉
에 출연하고 싶다는 의사를 알렸고 가장 큰 벽이라고 생각
했던 소속사의 허락을 데미가 받게 된 것이었다.

"솔직히 나 살짝 떨린다, 서연."

"걱정 마. 네 실력이면 결승까지도 갈 수 있을 거야."

"결승에서 너한테 깨진 것처럼 또 깨지고?"

"낄낄낄. 설마 나보다 잘하는 사람이 또 있겠냐?"

오서연이 너스레를 떨었지만 데미는 여전히 조금 긴장이
되는 모양이었다.

그래서 그런지 데미는 평소라면 하지 않을 부탁을 했다.

"서연, 안 되겠다. 내일 나랑 같이 가줄래?"

다음 날.

오서연과 데미는 이른 아침 쇼 미 더 패닉 1차 예선장으
로 향했다.

매니저로는 서수영과 데미의 소속사 매니저 한 사람이
따라붙었다.

사람들이 모여 있는 곳에서 서수영이 작은 목소리로 말
했다.

"서연아, 눈에 띄지 않게 모자랑 마스크 절대 벗으면 안
돼?"

오서연도 목소리를 낮춘 채 대답했다.

"낄낄낄. 알겠어요."

서수영이 오서연에게 단단히 주의를 주고 있을 때 힙합
에 열정을 가진 9천여 명의 참가들이 1차 예선장에 속속들
이 모여들었다.

바글바글하다고 표현하는 게 적절한 광경이었다.

잠시 후, 쇼 미 더 패닉의 심사위원들이 공개됐다.

꽤 오랜 시간 쇼 미 더 패닉의 심사를 맡고 있는 재벌 래퍼 독니도 인상적이었지만 절대로 쇼 미 더 패닉에 심사를 맡지 않을 거라고 말했던 다이렉트듀오의 심사위원 합류가 많은 참가자들의 놀라움을 자아냈다.

특히 다이렉트듀오는 오서연과 데미가 가장 좋아하는 래퍼였다.

'다이렉트듀오!'

오서연이 속으로 놀라며 데미를 바라봤다.

데미도 놀라고 있었다.

하지만 그 모습이 평소와는 많이 다르다는 생각이 들었다.

'긴장했나?'

데미는 평소보다 많이 긴장한 모습이었다.

어두운 인상은 그대로였지만 데미의 절친인 오서연은 데미의 긴장감을 바로 캐치 낼 수 있었다.

'음…… 어쩌지……'

평소라면 위로를 해줄 타이밍이었지만 데미는 자존심이 강한 편이라 위로를 하면 오히려 더 긴장을 할 것이 뻔했다.

그런 까닭에 오서연은 데미가 걱정됐음에도 불구하고 한마디 말도 하지 못했다.

'지금 말하는 건 좋지 않겠지? 그냥 들어갈 때 한마디 하는 게 낫겠다……'

마침내 오랜 기다림 끝에 1차 예선이 시작됐다.

차례를 기다리는 동안 오서연이 이곳저곳을 기웃거렸지만 알아보는 사람은 없었다.

다른 멤버들에 비해 여전히 인지도가 낮은 편이었지만 오서연은 글로벌 차일드라는 별명을 가진 아시아의 스타였다.

그런 아시아의 스타가 쇼 미 더 패닉의 1차 예선 참가장을 기웃거리고 있을 거라고 생각하는 사람은 아무도 없었다.

등잔 밑이 어둡다는 말이 딱 들어맞았다.

다만 오서연의 매니저로 이곳에 온 서수영만은 속이 타 들어갔다.

'휴~ 어째서 정 이사님은 서연이가 여기를 올 수 있게 허락한 걸까……'

서수영이 신세 한탄을 하듯 속으로 생각했지만 서수영은 어째서 허락이 떨어졌는지 이미 이유를 알고 있었다.

이것은 청월만의 색깔이었다.

청월은 성격적으로나 인성적으로 문제가 있는 연예인을 방어적으로 케어를 한다는 점에서 다른 소속사들과 별다를 바가 없었다.

오히려 웬만한 소속사보다 그런 문제를 민감하게 받아들이는 편이라고 할 수 있었다.

하지만 딱히 문제가 있는 경우가 아니라면 한없이 자유로운 소속사가 청월이었다.

연예인이 외부 노출을 꺼려하면 꺼려했지 아무리 인기가 많아도 연예인의 요청이 있지 않는 한 먼저 나서서 방어적인 보호를 하지 않았다.

그런 탓에 청월은 일부 팬들 사이에서 연예인의 외모가 열일하게 두는 좋은 소속사라는 이미지가 박혀 있었다.

'그 덕분에 죽어나는 것은 나 같은 말단 직원이지…….'

서수영이 2층 난간에 거의 매달리다시피 하며 참가자들의 예선 평가를 바라보고 있는 오서연에게 다가가 귓속말을 했다.

"서연아, 조금만 더 침착하게 있자. 조금만 침착하게."

오서연이 대답했다.

"낄낄낄. 알겠어요, 언니."

드디어 데미의 차례였다.

데미가 자리에서 일어나 예선 평가가 있는 1층으로 내려갔다.

오서연이 데미를 응원했다.

"잘해. 긴장 풀고."

데미가 오서연에게 고개를 끄덕여 보였다.

그사이 사람들이 데미를 알아보고 웅성거렸다.

낫프리티 랩스타 출연 이후 이쪽에서는 인지도가 높아진 데미였다.

"와…… 데미다."

"포스 작렬…… 대박인데?"

"어둡다, 어두워. 너무 어두워."

사람들뿐만이 아니라 쇼 미 더 패닉의 카메라도 집중적으로 데미를 촬영하고 있었다.

그래서 그런지 데미는 오서연의 응원에도 불구하고 긴장이 풀린 것처럼 보이지 않았다.

오히려 데미를 바라보고 있는 다른 사람들의 시선에도 긴장감이 맴돌았다.

마침내 심사위원 독니가 데미의 앞에 섰다.

데미가 랩을 시작했다.

처음에는 순조로웠다.

첫마디에서부터 플로우 자체가 다른 참가자와는 다른 레벨이라는 게 느껴졌다.

모두가 데미의 합격을 예상했다.

그리고 그 순간 데미가 가사를 잊었다.

"……몽상가를 생각하는 단순한 인상…… 아."

자신의 실수에 놀란 데미가 탄식을 내뱉었고 그 모습을 바라보고 있던 참가자들의 입에서도 절로 탄식이 나왔다.

독니는 잠시 고민했다.

그러더니 그대로 발걸음을 옮겼다.

"죄송합니다."

충격적인 데미의 탈락이었다.

1차 예선장이 잠시 고요해졌다.

오서연을 집중적으로 마크하고 있던 서수영마저도 오서연의 존재를 잠시 잊을 만큼.

◇　◆　◇

독니의 입에서 죄송하다는 말이 나오자마자 오서연은 어디론가 움직였다.

오서연이 향한 곳은 1차 예선 참가 신청대였다.

신청대에 앉아 있던 한 남자가 오서연에게 물었다.

"성함이 어떻게 되시죠?"

"오서연이요."

남자는 별생각 없이 오서연의 이름 받아 적었다.

"성함이…… 오서연 씨……."

그러고는 자신이 적은 이름이 무엇인지 뒤늦게 깨닫고 놀랐다.

"예!?"

남자는 마스크를 쓴 채 자신의 앞에 서 있는 여인을 샅샅이 훑어봤다.

"설마…… 그 오서연?"

매니지먼트의 제왕4

데미의 탈락 사실에 놀란 서수영은 뒤늦게 오서연이 사라졌다는 사실을 깨달았다.

서수영이 오서연을 찾기 위해 분주하게 움직였다.

하지만 어디로 사라진 것인지 도무지 오서연을 찾을 수가 없었다.

'어디 있냐…… 서연아……. 도대체 어디로 사라진 거야…….'

그때 예선 참가장 한 곳에서 사람들의 탄성이 터져 나왔다.

서수영은 뭔가를 예감하고 그곳으로 서둘러 향했다.

그리고 도착한 순간 생각했다.

'망했다…….'

서수영의 시선 끝에는 오서연이 타이거GK 앞에서 8마디짜리 랩을 뱉고 있었다.

타이거 GK는 모자와 마스크를 쓴 한 여자 앞에 섰을 때만 해도 별다른 기대를 하지 않았다.

어쩔 수 없는 현실이었다.

매 시즌 수준이 높아지고 있는 쇼 미 더 패닉이었지만 여자 래퍼가 성공한 사례는 거의 존재하지 않았다.

대한민국 힙합계가 그랬다.

해마다 쇼 미 더 패닉을 비롯한 다양한 루트를 통해서 새로운 여자 래퍼들이 적지 않게 쏟아져 나왔지만 그 누구도 자신의 아내인 유미래의 아류라는 평가를 넘지 못했다.

특히 실력자로 평가받던 데미가 떨어졌다는 소식을 전해 들은 상태여서 그런지 여자 래퍼들에 대한 기대치가 더 낮아졌다.

타이거GK가 생각했다.

'데미라……. 눈 여겨 보고 있던 친구였는데 떨어졌다니 너무 아쉽군……. 데미 정도의 실력이 아니라면 쇼 미 더 패닉이라는 힙합 정글에서 살아남기가 쉽지 않을 텐데…….'

이 평가를 지켜보고 있는 다른 사람들도 비슷한 생각을 하고 있었다.

데미가 떨어진 순간 이번 시즌에서 실력 있는 여자 래퍼를 본다는 기대를 접을 수밖에 없다고 생각했다.

그러다 보니 한 여자가 타이거GK 앞에 섰을 때에도 사람들은 그 광경을 강 건너 불구경하듯 시큰둥하게 쳐다보거나 아예 보지도 않고 딴짓을 했다.

타이거GK마저도 여자를 앞에 두고 계속 딴생각이 들었다.

'휴……. 이런 평가가 의미가 있을까……? 진짜 미래나 그 친구라도 나오지 않는다면 의미가 없을 텐데…….'

타이거GK는 아내의 얼굴과 어느 한 걸 그룹 멤버의 얼굴을 떠올리며 생각했다.

그렇게 모두의 정신이 다른 곳에 가 있는 사이 타이거 GK 앞에 서 있던 여자가 마스크를 벗었다.

그리고 그 순간이었다.

갑자기 빛이 나는 것 같았다.

그런 착각이 들었다.

어두운 조명으로 꾸며진 1차 예선장이 밝아지는 듯한 착각이 드는 엄청난 미모의 여인이 타이거GK 앞에 서 있었다.

동공이 커지기만 하고 잠깐 놀라서 말을 잊었던 타이거GK가 잠시 후 소리를 질렀다.

"오 마이 갓!"

타이거GK뿐만이 아니었다.

이 평가를 지켜보고 있던 사람들도 경악이 섞인 탄성을 질렀다.

"우와아아!"

"대박! 이번 시즌 미쳤다!"

"정말 오서연이야!"

놀랄 수밖에 없는 상황이었다.

오서연은 글로벌 차일드라는 별명으로 아시아를 강타하고 있는 밀키웨이의 멤버였다.

매일 수백 명의 해외 관광객을 한국으로 끌어들이고 있는 바로 그 밀키웨이 말이다.

다시 말하자면 오서연은 연예인 중에서도 연예인이었다.

심사를 해야 한다는 사실마저도 잊고 타이거GK가 사적인 질문을 했다.

"와……. 오서연……. 아니, 서연 씨 도대체 여긴 어떻게 나올 생각을 한 거예요?"

타이거GK의 물음에 오서연 대답 대신 어깨를 으쓱, 들어올렸다.

그제야 타이거GK가 정신을 차렸다.

"아, 심사해야죠."

그러고는 큼큼, 하고 목소리를 가다듬더니 말했다.

"준비되면 시작해 주세요."

타이거GK의 말이 끝나기가 무섭게 오서연이 랩을 뱉기 시작했다.

수준 낮은 리스너를 비난하는 평범한 내용의 랩이었다.

하지만 타이거GK와 구경 중이던 사람들은 또 한 번 놀랄 수밖에 없었다.

오서연의 랩은 톤부터 설계까지 완벽했다.

흠잡을 곳은커녕 감탄만을 자아내는 엄청난 실력이었다.

오서연의 외모로 눈이 밝아졌던 사람들이 이제 오서연의 랩으로 귀가 밝아졌다.

그렇게 오서연이 랩이 끝났다.

그때 멀찍이 떨어진 곳에서 누군가가 오서연을 불렀다.

"서연아!"

서수영이었다.

"안 돼!"

서수영이 소리치며 다급하게 오서연에게 다가오고 있었다.

하지만 오서연의 랩에 매료된 타이거GK는 서수영에게 시선조차 주지 않았다.

대신 미소가 걸린 얼굴로 오서연의 목에 목걸이를 걸어
줬다.

1차 예선 통과와 함께 오서연의 쇼 미 더 패닉 출연이 결
정되는 순간이었다.

◇　◆　◇

오서연의 얘기를 전부 듣고 정호가 다소 황당하다는 목
소리로 되물었다.

"그래서 데미의 부탁으로 같이 가줬는데 데미가 떨어졌
고 그걸 지켜보다가 화가 난 서연이, 네가 쇼 미 더 패닉에
참가했다고?"

오서연이 다시 한 번 고개를 숙였다.

"죄송합니다……."

정호가 생각했다.

'즉흥적인 면이 있긴 했지만 이 정도는 아니었을 텐
데…….'

정말 가늠할 수가 없는 오서연의 성격이었다.

'낙천적인가 싶으면 신중하고…… 신중한가 싶으면 즉
흥적이라니…….'

혼자 추측해서는 상황에 대한 정확한 판단을 내릴 수가
없겠다는 생각이 들었다.

정호는 오서연에게 자세한 설명을 요구했다.

정호에게 있어서 정황보다 중요한 건 오서연이 어떤 생각으로 쇼 미 더 패닉에 참가했느냐, 였다.

"상황은 알겠어. 하지만 아직 이해하지 못하겠는 부분도 있어. 너는 원래 그 정도로 화를 내거나 흥분하는 애가 아니지 않니?"

오서연이 고개를 갸웃거렸다.

질문의 속뜻을 알아듣지 못하는 것 같았다.

하지만 이내 질문이 가리키는 방향을 알아차린 오서연이 대답했다.

"데미가 아니라면요. 하지만 이건 데미의 문제잖아요. 데미는 제 가장 친한 친구이자 라이벌이에요. 저에게 있어서 데미는 밀키웨이 멤버들처럼 중요한 존재라고요."

대답을 하는 오서연의 표정은 한없이 진지했다.

오서연의 표정을 보니 정호는 오서연이 왜 그런 선택을 했는지 이해할 수 있었다.

'주변에 사람이 많이 없었기 때문인지는 몰라도 서연이가 예전부터 소중한 사람에 대해서 민감하게 반응하는 편이었지. 특히 소중하게 생각하는 사람들이 부당한 대우를 당하면 참지 못했다.'

정호가 생각하며 고개를 끄덕였다.

하지만 이해를 할 수 있다고 해서 오서연의 잘못이 사라지는 건 아니었다.

이 부분에 대해서는 단단히 주의를 줄 필요가 있었다.

정호는 심사숙고하여 말을 골랐다.

"네가 왜 그런 선택을 하게 되었는지 충분히 이해할 수 있을 것 같아. 내가 너를 모르는 것도 아니니깐."

정호의 말을 듣고 오서연이 고개를 들었다.

하지만 이어진 말에 다시 오서연은 다시 고개를 숙일 수밖에 없었다.

"그렇다고 해도 네 행동으로 인해 많은 사람들이 곤란한 일에 휘말렸다는 건 부정할 수 없어. 조금만 신중했더라면, 적어도 수영이한테 참가 사실을 미리 알리기만 했더라면, 이렇게까지 상황이나 분위기가 안 좋아지지는 않았을 거야."

결국 오서연이 세 번째 사과를 했다.

"죄송합니다……."

정호가 고개를 끄덕였다.

약간 미안한 마음도 들었지만 어쩔 수 없었다.

소속사에게 있어서 연예인의 영향력은 대단했다.

연예인이 별생각 없이 휘두른 칼에 많은 사람들이 죽어나갈 수 있다는 뜻이었다.

'특히 이번 일로 인해 서수영이 받게 될 타격이 적지 않지.'

그런 까닭에 정호는 오서연에게 강한 어조로 말했다.

"한동안 네가 무슨 일을 한 것인지 돌이켜보고 반성하는 게 좋을 것 같다, 서연아. 쇼 미 더 패닉 건은 회사 측의 생각이 정리되는 대로 다시 얘기를 나눠보자."

오서연의 의기소침한 대답이 돌아왔다.

"네……."

다행히 오서연은 자신의 잘못이 무엇인지 아주 잘 알고 있었다.

그런 오서연을 보고 정호가 빙그레 웃었다.

평소답지 않은 오서연의 모습이 괜히 귀여워 보이는 건 어쩔 수 없었다.

정호가 의기소침해 있는 오서연을 불렀다.

정호는 이쯤에서 오서연을 달래야겠다고 생각했다.

너무 몰아붙이기만 해서는 좋지 않았다.

"서연아."

오서연이 화들짝 놀라며 대답했다.

"네?"

오서연은 자신이 또 혼나는 줄 알았던 모양이었다.

하지만 부드러운 표정을 짓고 있는 정호를 보며 오서연이 안심했다.

정호가 말했다.

"쇼 미 더 패닉에 계속 출연하고 싶지?"

오서연이 잠시 망설이다가 고개를 끄덕끄덕했다.

"네……."

"그래, 알겠다. 걱정하지 마. 회사는 내가 잘 설득해 볼게. 넌 쇼 미 더 패닉에 계속 나갈 수 있을 거야."

정호의 말뜻을 알아듣고 오서연의 표정이 밝아졌다.

"낄낄낄. 감사합니다, 부장님……. 열심히 하겠습니다……."

◇ ◆ ◇

오서연을 달랜 정호는 부장실로 갔다.

부장실 한쪽에 미국에서부터 가져온 짐들을 임시로 쌓아 두자마자 정 이사가 찾아왔다.

귀국한 정호가 오서연과 대화를 나눴다는 소식을 전해들은 모양이었다.

마침 잘된 일이었다.

방금까지 임시로 총괄매니지먼트부 3팀의 팀장 업무를 처리하던 정 이사에게 들을 얘기가 많았다.

하지만 더 긴급히 묻고 싶은 게 있는 사람은 정 이사였다.

"서연이는 왜 그랬대? 너한테는 이유를 말해줘?"

정호는 고개를 끄덕이고는 오서연이 쇼 미 터 패닉에 갑자기 참가한 사정을 간략하게 설명했다.

정 이사가 살짝 언성을 높였다.

"그게 말이 돼? 너무 무책임한 거 아니야? 아니, 그동안 수영이는 뭐 했대?"

청월이 아무리 자유로운 분위기의 회사라지만 책임 관계도 나누지 못할 만큼 주먹구구식의 회사는 아니었다.

이번 일은 제3자의 입장에서 봤을 때 명백히 서수영의 실수였다.

하지만 정호가 서수영을 옹호했다.

"이건 수영이의 잘못이 맞지만 말이 안 되는 일도 아니에요. 다소 감정적이긴 해도 서연이한테 충분히 그럴 만한 이유가 있더라고요. 아마 수영이가 계속 옆에 붙어 있었어도 막지 못했을 겁니다."

정호의 설명에도 불구하고 정 이사는 여전히 흥분을 가라앉히지 못했다.

"그래도 그렇지 담당 연예인을 눈앞에서 놓치는 매니저가 어디 있어?"

서수영이 아무리 자기 밑의 사람이라지만 정호로서도 동의하지 않을 수 없는 의견이었다.

"그 부분은 수영이에게 주의를 확실히 주도록 하겠습니다."

정호는 인정할 부분은 깔끔하게 인정했다.

다만 과도한 처사로 서수영을 불리한 입장에 놓이게 할 생각은 없었다.

정호가 이어서 말했다.

"하지만 시말서라든지 감봉 같은 소리는 하지 마세요. 결국 1차적으로 잘못을 한 사람은 임시 팀장이었을 테니까요."

정호가 정 이사를 은근슬쩍 나무랐다.

확실히 오서연이 쇼 미 더 패닉의 구경을 갈 수 있도록 허락한 사람은 정 이사였다.

뿐만 아니라 이런 일이 발생했을 때 책임을 져야 하는 사람에는 팀장이 반드시 들어가는 법이었다.

정호가 지적한 부분은 이 두 가지였다.

정 이사는 정호의 말을 알아듣고 끙, 하며 소리를 냈다.

"정말 시말서도 안 쓰게 할 거야?"

정 이사가 흥분을 가라앉힌 것 같자 정호가 농담을 했다.

"그럼 이사님도 쓰시던가요. 그리고 제가 따라갔어도 벌어질 일이었다니까요."

"그래, 이 정도로만 하자. 이유가 있었겠지."

서수영의 문책 문제는 그렇게 일단락됐다.

이제 오서연의 쇼 미 더 패닉 출연 여부를 결정할 때였다.

정 이사가 잠시 머릿속으로 상황을 정리한 뒤 물었다.

"그래서 어쩔 거야? 출연 강행할 거야?"

분위기를 살짝 바꿀 겸 정호가 장난기 어린 말투로 되물었다.

"이사님은 어떻게 했으면 좋겠는데요?"

정 이사가 정호를 향해 눈을 흘기며 말했다.

"이럴 때만 이사고 이럴 때만 내 의견을 묻지?"

"이럴 때 필요한 게 선임자의 소중한 조언이니까요."

정 이사가 못 말린다는 듯 쯧, 하고 혀를 찬 뒤 한 박자 늦게 입을 열었다.

"뭐…… 방법이 있겠냐? 이런 상황이면 출연 강행해야지."

사실상 결론은 이미 내려진 상태였다.

이제 와서 쇼 미 더 패닉의 출연을 번복하는 것 자체가 복잡하고 우스운 일이었다.

그렇기 때문에 정호는 정 이사와 같은 의견을 낼 수밖에 없었다.

정호가 생각했다.

'이 일을 수습하겠다고 편집을 요구하고 출연을 번복하는 건 최악의 수일 뿐이다. 일단 서연이의 출연은 확정이야. 이제 고려할 것은 이 상황을 타개할 적절한 방법이다.'

정호의 생각대로였다.

그래서 정호는 정 이사와 오서연의 출연을 확정한 채 이 부분에 대해서 상의했다.

어느 정도 퍼즐이 맞춰질 때쯤 부장실로 전화 한 통화가 걸려왔다.

정호가 전화를 받았다.

"네, 오정호입니다. 전화 받았습니다."

"아이고~ 안녕하세요, 오 부장님."

처음 듣는 목소리였지만 정호는 단박에 전화를 건 상대가 누군지 눈치 챌 수 있었다.

"안녕하세요, 서 피디님. 말씀 많이 들었습니다."

정호의 반응에 놀란 것은 서 피디라고 불린 전화기 너머의 상대였다.

"제가 서 피디인 건 어떻게 아신…… 저희가 혹시 이전에 만난 적 있었던가요……?"

"만난 적은 없죠. 다만 쇼 미 더 패닉이라는 좋은 프로그램을 연출해 주신다는 것을 익히 들어왔을 뿐입니다."

정호는 이제 곧 쇼 미 더 패닉의 피디가 전화를 걸어오리라는 사실을 예상하고 있었다.

그런 와중에 처음 듣는 목소리가 "아이고~ 안녕하세요, 오 부장님." 하고 반갑게 정호에게 말을 거니 서 피디라는 걸 모르려고 해도 모를 수가 없었다.

이쯤 되자 서 피디도 상황이 어떻게 돌아가는지 눈치 챈 모양이었다.

전화기 너머로 서 피디가 말했다.

"괜히 오 부장님, 오 부장님 하는 게 아니었군요. 역시나 소문대로 보통 분이 아니십니다……."

서 피디는 조금 놀란 목소리였다.

'도대체 무슨 소문이 돌고 있기에…….'

무슨 소문이 돌고 있는지 묻고 싶었지만 일단 이 상황을 잘 처리하는 게 먼저였다.

정호가 듣기 좋은 말로 대꾸했다.

"서 피디님에 대한 평소의 존경과 흠모가 들어간 일이라고 생각해 주십시오. 그래서 서 피디님을 알아볼 수 있었다고요."

"하하하. 알겠습니다. 그래요, 전화가 걸려올 줄 알았다면 오서연 양에 대해서 생각해둔 것도 있으시겠죠?"

이 통화의 본론이 슬슬 시작될 타이밍이었다.

정호가 대답했다.

"네, 물론입니다."

"궁금하네요. 오 부장님과 청월이 과연 어떤 선택을 하셨을지가."

정호는 서 피디가 궁금해하는 자신과 청월의 선택이 무엇인지 전했다.

"서연이의 출연 번복은 없습니다."

서 피디는 쉽게 납득했다.

서 피디가 보기에도 여기서 출연 번복을 하는 건 최악의 선택이었다.

너무나 많은 사람들이 그 자리에 있었으니깐.

"그렇군요."

"또 방송도 있는 그대로 내보내 주십시오."

정호의 말에 서 피디가 장난기 어린 말투로 대꾸했다.

그건 마치 "너희 정말 그럴 거야? 그러지 않는 게 좋을걸?" 하고 말하는 것 같았다.

"있는 그대로요? 아실지 모르겠지만 이번 방송분에는 그쪽의 신입 매니저 한 사람이 찍혀 있습니다. 서연 양을 말리려다가 실패한 그 모습이 아주 생생하게 말이죠."

정호가 물었다.

"그 장면을 살리고 싶으신가요?"

서 피디는 여전히 장난기가 어린 말투로 대답했다.

"소속사와의 상의도 없이 출연을 결정한 오서연! 진정한 힙합 정신! 왠지 그림이 되지 않습니까?"

정호가 수긍했다.

"맞습니다. 그림이군요."

"네?"

정호가 수긍할지 몰랐다는 듯 서 피디가 놀랐다.

정호는 그런 서 피디에게 확실히 의사를 전달했다.

"그러니 서 피디님이 원하시는 대로 방송에 내보내 주십시오."

서 피디는 상황을 파악하지 못하고 말했다.

"그…… 그게 무슨…… 진심입니까……?"

"네, 진심입니다."

서 피디가 원하는 그림대로 방송을 내보내는 것.

그것이 바로 정호가 정 이사와 상의 끝에 세운 첫 번째 대처 방안이었다.

◇　◆　◇

서 피디는 정호의 요구를 들어줬다.

정호의 요구대로 오서연의 1차 예선 참여 과정은 가감 없이 방송을 탔다.

특히 서수영이 "안 돼!" 하고 소리를 지르는 부분은 타이거GK의 목걸이를 걸어주는 장면과 교차 편집되어 극적인 효과를 연출했다.

친절한 자막도 잊지 않았다.

—(서수영의 경악 어린 표정) 오서연의 돌발 행동에 놀란 담당 매니저.

—(타이거GK의 미소) 목걸이가 목에 걸어지는 순간 완성된 진정한 힙합 정신!

자극적인 장면 연출이었고 쇼 미 더 패닉은 이런 연출의 효과를 톡톡히 봤다.

늘 3퍼센트 언저리에서 머물던 시청률이 4퍼센트대에 진입한 것이었다.

뿐만이 아니었다.

온라인상의 반응도 엄청났다.

오서연이 쇼 미 더 패닉에 참가했다는 소식을 뒤늦게 듣고 각종 기사와 다시보기로 많은 사람들이 문제의 상황을 접하고 반응을 보였다.

[오서연! 여왕의 등장!]

[와…… 낫프리티 랩스타에 이어서 쇼 미 더 패닉도 제패?]

[제패?ㅋㅋㅋ 여기가 낫프리티 랩스타랑 같냐?ㅋㅋㅋ]

[솔직히 쇼 미 더 패닉에는 오서연보다 잘하는 사람 깔리고 깔렸음ㅋㅋㅋ]

[본방 안 보심? 오서연이 그날 방송분 아예 찢었음ㅎ]

[ㅇㅇ솔직히 랩은 잘하더라! 근데 소속사 무시하고 그러는 건 좀 아니지 않냐?]

[ㅋㅋ오서연 인성 인증 방송ㅋㅋㅋㅋ]

[확실히 보기 불편했음ㅋㅋㅋㅋㅋ 스타 됐다고 마음대로 하는 건가?ㅋㅋ]

[뭐야ㅋㅋㅋㅋㅋ 여기 반응 왜 이럼?ㅋㅋㅋ 여러분 오서연은 래퍼예요ㅋㅋㅋ]

[ㅋㅋㅋ맞아ㅋㅋ 여기 반응 웃긴다ㅋㅋㅋ 다른 곳에서는 오서연이 진짜 힙합 정신을 보여줬다고 엄청 빨고 있는데ㅋㅋㅋㅋ]

[Yse 오서연! 리얼 힙합!]

[ㅋㅋㅋㅋ무슨 리얼 힙합이야ㅋㅋ 그냥 말 안 듣는 중딩이지ㅋㅋㅋ]

[힙합이고 뭐고 떠나서 확실히 이런 건 인성 문제임ㅋ 이래서 연습생 출신이 안 됨ㅋㅋ]

[우리 서연 언니 연습생 기간 2년도 안 됩니다ㅎㅎ]

[ㅋㅋ유니버스는 오늘도 열일이네ㅋ]

온라인상은 양쪽으로 의견이 나눠져 분분했다.

오서연의 출연을 '용기 있는 힙합 정신으로 볼 것인가', '아니면 중2병에 걸린 어느 스타의 오만방자한 인성 자랑으로 볼 것인가' 하는 두 가지 의견으로 갈라져 쉴 새 없이 공방을 벌였다.

공방이 계속될수록 웃는 쪽은 쇼 미 더 패닉이었다.

온라인상이 뜨거워진다는 건 쇼 미 더 패닉의 인기도 상승한다는 뜻이나 다름없었다.

그렇게 쇼 미 더 패닉 측이 웃고 있는 가운에 청월은 울어야 할 상황이 계속됐다.

사람들은 청월의 상황에 부정적인 시선을 보냈다.

[청월은 근데 어쩌냐…… 오서연이 일을 복잡하게 꼬아 놨네ㅋㅋㅋ]

[ㅇㅇ청월이 불쌍함ㅋ]

[뭔 소리야ㅋㅋㅋㅋ 이건 청월 책임이 크지ㅋㅋㅋㅋ]

[맞아, 우리 서연 언니를…… 청월은 연예인 관리를 어떻게 하는 거냐!]

[청월도 청월이지만 신입 매니저라는 '안돼녀'도 개념 자체가 없는 거 같음ㅋㅋㅋㅋㅋㅋ]

[곧 청월에서 입장 표명하겠지?ㅇㅇ]

[ㅋㅋㅋㅋㅋ입장이랄 게 있을까?ㅋㅋㅋ 관리 능력 부족이지ㅋㅋㅋ]

이처럼 사람들이 끊임없이 부정적인 시선을 보냈지만 정작 청월은 잠잠했다.

석고상처럼 굳은 듯 아무런 반응도 내보이지 않았다.

오히려 정호는 온리인상의 반응을 살피며 속으로 생각했다.

'계획대로 흘러가는군……'

논란이 끊이질 않는 가운데 쇼 미 더 패닉 2차 예선의 날이 밝았다.

2차 예선은 각 심사위원 그룹의 패스를 하나라도 받아야 살아남을 수 있는 평가 무대였다.

누군가는 합격을 하고 누군가는 떨어질 수도 있는 상황이었다.

그렇기 때문인지 2차 예선장에는 긴장감이 감돌고 있었다.

정호는 오서연과 함께 예선 참가장 한쪽에서 대기했다.

51

논란의 한 축이 되고 있는 서수영은 데려오지 않았다.

괜히 왔다가 멘탈이 크게 흔들릴 수도 있다는 판단 하에 다른 밀키웨이 멤버들의 스케줄 처리를 맡겼다.

정호가 평소보다 초췌한 서수영의 얼굴을 떠올리며 생각했다.

'수영이가 요즘 고생이지…….'

최근 '안돼녀'라고 불리며 조롱을 받고 있는 서수영이었다.

마음고생도 마음고생이지만 서수영은 실수를 만회하기 위해서 평소보다 무리를 하고 있었다.

업무 효율이 좋아진 것은 기뻐할 일이었다.

하지만 마음이 좋지 않은 상태에서 몸을 혹사한다는 게 한편으로는 조금 씁쓸했다.

'몸도 마음도 달랠 수 있게 이번 일이 잘 마무리되면 특별 휴가라도 보내 달라고 말해야겠다.'

정호는 씁쓸하게 웃으며 서수영에 대한 생각을 정리했다.

정호가 생각에 빠져 있는 사이 마침내 2차 예선 평가가 시작됐다.

하나둘 1차 예선을 통과한 쟁쟁한 래퍼들이 호명을 받아서 자신의 공연을 선보였다.

심사위원들뿐만 아니라 1차 예선을 통과한 모든 래퍼들이 한자리에 모여서 모니터로 심사 과정을 함께 시청했다.

계단 형식의 스튜디오에 모여 앉아 래퍼들이 랩을 할 때마다 점수를 매긴다는 점이 인상적이었다.

오서연도 예외 없이 세 번째 줄 맨 오른쪽 끝에 앉아서 래퍼들을 성심성의껏 평가했다.

정호는 카메라 밖에서 그 모습을 지켜봤다.

'다행히 부담감 없이 방송을 즐긴다는 인상을 주고 있군. 서연아, 잘하고 있다.'

특히 훌륭한 실력을 보여준 래퍼들을 향해 환호를 하기도 하고 놀라기도 하는 모습이 보기 좋았다.

오서연은 어느 순간부터 방송이라는 걸 잊고 이 상황을 즐기는 것 같았다.

'그래. 서연이는 순수하게 이런 걸 즐기고 싶기도 했겠지. 내가 조금 더 기회를 줬어야 했는데……'

사실 정호는 낫프리티 랩스타에 이어서 바로 쇼 미 더 패닉에 오서연을 출연시킬 계획이었다.

하지만 낫프리티 랩스타로 이미 원하는 이미지를 얻었기 때문에 굳이 그럴 필요가 없다고 생각했고 그래서 쇼 미 더 패닉의 출연 계획 또한 철회했다.

정호는 오서연의 밝은 얼굴을 눈으로 좇으며 생각했다.

'어쩌면 그건……. 서연이의 빠른 성공을 바랐던 내 욕심일지도 모르겠군……. 저렇게나 즐기고 있는데……'

새삼 이런 식으로라도 쇼 미 더 패닉에 출연을 해서 다행이라는 생각이 드는 정호였다.

그렇게 생각에 빠져 있을 때 오서연의 이름이 호명됐다.

"오서연 씨, 다음 차례 준비해 주세요."

사람들의 시선이 대번에 오서연을 향했다.

래퍼들은 직감적으로 알고 있었다.

오서연이 이 자리에 있는 래퍼들 중에서도 가장 실력이 좋고 가장 이슈 몰이를 하고 있는 사람 중 하나라는 사실을.

심사위원들도 평가장의 문을 열고 들어오는 오서연을 격하게 반겼다.

"와우, 오서연!"

"대박! 이번 시즌 대박!"

"리얼 힙합~"

오서연은 심사위원들의 격한 반응을 특유의 웃음소리로 받아 넘겼다.

"낄낄낄."

그러자 심사위원들이 다시 호들갑을 떨었다.

"저 웃음소리 너무 좋아."

"진짜다. 진짜가 나타났다~"

분위기가 너무 과열이 된다고 생각했는지 독니가 나섰다.

"워워. 빨리 들어보죠. 빨리 들어봐요. 슈퍼스타의 래핑을."

여전히 흥분을 가라앉히지 못했지만 다른 심사위원들이 독니의 말에 동의했고 비트가 흘러나왔다.

그렇게 모두가 기다렸던 오서연의 랩이 시작됐다.

오서연다운 랩이었다.

첫마디부터 듣자마자 말을 잃어야 할 만큼 강력한 호흡을 바탕으로 라임이 덧칠해지고 있었다.

특히 이번 랩은 독특한 내용을 담고 있었다.

그건 자신을 둘러싼 세간의 시선에 대한 답변이었다.

"Uh Yo. 가장 어두운 친구를 위해 가장 어두운 곳에서 랩을 한다. 억울하면 뒤에 숨지 말고 어서 나와서 나에게 털어놔봐. 내 랩을 듣는 순간 네 입에서는 내 열정에 대한 칭찬이, 적잖이, 놀랐다는 어쩔 수 없는 고백이, 튀어나와 너를 사로잡을 테니깐."

빈틈없는 플로우였고 실력이었다.

오서연이 랩을 끝낸 자리에는 'ALL PASS'라는 글씨가 모든 화면을 가득 채우고 있었다.

'좋아.'

정호가 속으로 환호했다.

오서연의 랩은 정호가 준비한 두 번째 대처 방안이었다.

5장. 준우승, 그리고 새로운 국면

　쇼 미 더 패닉의 2차 예선 방송분은 오서연이 마지막 라임을 내뱉는 순간, 말을 잃은 독니의 표정이 클로즈업되면서 절묘하게 끝이 났다.

　독니의 표정은 시청자의 생각을 그대로 대변했다.

　오서연은 정말 말 그대로 쇼 미 더 패닉을 실력으로 완벽하게 찢어 놨다.

　방송이 끝나자마자 실시간으로 댓글을 달렸다.

　[오서연 실화냐?ㅋㅋㅋㅋㅋ]

　[……우리 모두 침묵합시다ㅇㅇ]

　[지금까지 욕하던 놈들 다 나와ㅋㅋㅋㅋ 당장 오서연한테 사과해ㅋㅋㅋㅋ]

[ㅋㅋㅋㅋㅋ여러분 한국 힙합은 오서연의 시대에 살고 있습니다ㅋㅋㅋㅋ]

[오서연의 시대는 오버지만 진짜 이번에는 오서연 오졌다ㅋㅋㅋ]

[솔직히 나는 오서연 낫프리티 랩스타 때도 별로라고 생각했는데 진짜 이번에는ㅇㅈ]

[서연 언니ㅎ]

그리고 오서연의 2차 예선 활약이 본방송으로 나갔을 때 정호의 마지막 세 번째 대처 방안이 작동했다.

방송이 끝나자마자 정호가 준비한 보도 자료가 빠르게 온라인상에 배포됐다.

보도 자료는 예중태의 단독 기사로 훌륭하게 포장됐다.

―[단독] 오서연의 돌발 행동에 대한 청월의 공식 입장 정리(전문).

정호는 이 기사를 통해서 청월과 오서연의 관계를 새롭게 정립했다.

시청자들이 오서연에 실력에 놀라 감탄사를 연발하고 있을 때 갑작스럽게 들어온 정호의 훅이었다.

⟨……청월은 언제나 소속 아티스트가 창작 및 자유로운 활동에 전념할 수 있도록 도왔습니다. 그 과정에서 어떤 상

황이 발생해도 그것이 아티스트의 도덕적 해이를 드러내거나 사회적 문제를 야기하는 일이 아니라면 청월은 언제나 피해를 감수해 왔습니다. 이번 사태도 마찬가지입니다. 활동 중에 충분히 일어날 수 있는 부분이라고 판단했고 청월은 회사의 이념에 따라 아티스트 오서연의 힙합 정신을 지지함을 밝힙니다⋯⋯〉

정호는 공식 입장을 통해 오서연을 적극적으로 지지했다.

하지만 이번 공식 입장은 단순히 적극적인 지지의 내용만 담겨 있는 것이 아니었다.

청월이 소속 아티스트를 어떻게 바라보는지부터 청월과 오서연의 관계가 어떤 식으로 발전해 나갈지가 포괄적으로 그려진 미래에 대한 전망이 담긴 그림이었다.

예중태의 단독 기사를 찬찬히 읽으며 정호가 생각했다.

'이 지지로 오서연은 힙합 정신을 가진 진정한 래퍼로 거듭날 것이다. 이와 동시에 청월은 연예계에서도 선구적인 위치를 선점하겠지. 많은 연예인들이 청월이라는 소속사에 큰 관심을 가지게 될 거야.'

정호의 안배는 여기서 끝이 아니었다.

방송 두 시간 후, 밀키웨이 공식 팬클럽 유니버스의 간부이자 유명 칼럼니스트로 이미 일전에 밀키웨이에게 적잖은 도움을 준 바 있는 김우주의 칼럼도 예중태의 단독 기사에 이어 게재됐다.

〈……청월과 밀키웨이의 동행은 이번 일을 계기로 한 단계 발전했다고 볼 수 있다. 이전까지만 해도 청월은 양산형 걸 그룹과 아티스트의 경계에서 밀키웨이를 성장시켜 왔다. 그리고 '글로벌 차일드'라는 별칭은 이러한 성장의 정점으로 평가할 만하다. 하지만 이런 식의 성장에는 한계가 있는 것이 사실이다. 청월은 밀키웨이를 더 높은 곳으로 올려 보낼 필요가 있었다. 오서연의 돌발 행동은 이러한 계기를 마련한 핵심적인 사건이었다. 공식 입장을 통해 알 수 있듯이 이번 일을 계기로 청월은 밀키웨이를 하나의 아티스트로 완벽히 받아들인 모습이다…….〉

─김우주 칼럼 「청월과 밀키웨이의 아름다운 동행」 중에서.

오서연의 실력, 청월의 공식 입장, 김우주의 칼럼은 상황을 완전히 뒤바꿔 놨다.

온라인상이 다시 한 번 떠들썩해졌다.

[음…… 오서연을 아티스트라고 보는 게 맞는지 모르겠지만 확실히 오서연이 엄청난 잘못을 저지른 건 아니지ㅇㅇ]

[아티스트라니ㅋㅋㅋㅋㅋ 무슨 헛소리야ㅋㅋㅋ 현웃 터짐ㅋㅋㅋㅋ]

[여기서 말하는 아티스트는 고매한 예술가를 뜻하는 게 아니지 않나요?ㅎ 제가 보기에는 그냥 소속사 입장에서 오서연을 아티스트라고 지칭한 거 같은데?ㅎㅎ]

[맞음ㅋㅋㅋ 내가 보기에는 약간 김우주가 오버한 거 같음ㅋㅋㅋㅋ 하지만 확실히 오서연을 대중음악가로 성공시키려면 지금이랑 다른 길을 가야 했음ㅋㅋㅋㅋ]

[김우주가 한 말이 그 뜻 아닌가요?]

[사람들이 오서연 실력에 너무 놀랐나?ㅋㅋㅋㅋ 말을 못 알아듣고 헤매기만 하네?ㅋㅋㅋㅋ]

[정리. 청월, 우리 서연이 잘했다. 김우주, 청월과 우리 서연이 모두 잘했다.]

[ㅋㅋㅋ그냥 나는 애초에 이게 논란거리도 아니었다고 생각한다ㅋㅋㅋㅋ]

[ㅇㅈ이건 논란거리는커녕 그냥 가벼운 해프닝 정도였음 ㅋㅋㅋㅋ 사람들이 좀 남 걱정 그만하고 오서연의 실력에 감탄이나 했으면ㅋㅋㅋㅋ]

결국 정호의 대처 방안은 완벽하게 들어맞았다.

섣부른 대처를 하지 않고 이슈를 키운 뒤 그걸 전부 청월과 오서연이의 가치로 뒤바꾸는 것.

이게 정호가 대처 방안을 마련한 이유였다.

정 이사를 식은땀 나게 했던 돌발 상황은 정호의 대처로 완벽한 기회가 됐다.

이제 청월과 청월에 소속된 연예인의 위상이 새로운 국면에 접어든 셈이었다.

◇ ◆ ◇

2차 예선에서 레전드 영상을 만들어낸 오서연은 이후에도 훌륭한 실력을 뽐내며 계속해서 높은 곳으로 치고 올라갔다.

그리고 드디어 결승전 최후의 3인 중 한 사람이 됐다.

결승 무대에 오르기 전, 오서연이 정호에게 말했다.

"다녀올게요, 부장님."

"그래. 부담감 가지지 말고 마음껏 제대로 보여주고 와."

쇼 미 더 패닉 최초의 여성 래퍼 우승자 얘기가 나오고 있는 상황이었지만 정작 정호와 오서연은 가벼운 마음이었다.

꽉 찬 무대를 선보이고 있는 오서연을 보며 정호가 생각했다.

'우승자는 이미 정해졌다. 서연이는 준우승자겠군.'

앞서 오서연과 함께 강력한 우승 후보로 꼽히고 있는 척살의 공연이 있었다.

힙합계로만 한정한다면 척살은 오서연보다 인지도가 높았고 특히 이번 시즌의 심사위원들과 친분이 있는 상태였다.

'인맥 힙합이라는 비난을 떠나서 같은 상황이나 조건이라면 익숙한 쪽을 뽑는 법이지.'

61

그런 까닭에 오서연이 압도적인 실력 차이를 선보이지 않는 한 척살을 이길 가능성은 희박한 상태였다.

'기댈 것은 척살의 실수뿐이었는데. 아쉽지만 척살은 실수하지 않았다.'

척살은 완벽했다.

결승전이라는 이름값에 눌려 긴장할 법도 했는데 결승 무대 위에서 단 한 음절도 절지 않고 자신의 역량을 한껏 발휘했다.

그리고 척살이 무대에서 내려오는 순간 정호와 오서연은 이번 공연의 결말을 알 수 있었다.

'우승자는 척살이다.'

하지만 그렇다고 오서연이 공연을 포기한 것은 아니었다.

오서연은 최선을 다해서 무대 위에서 자신의 역량을 뽐냈다.

척살에 못지않은 오서연의 완벽한 공연이 그렇게 끝났고 심사위원들이 공연에 대한 평가 및 감상을 늘어놨다.

"역대급 결승 무대였습니다."

"세 사람 중 한 사람만 우승자가 될 수 있다는 게 가혹하네요. 특히 두 사람은 미쳤다는 말밖에 해줄 말이 없어요."

"공동 우승은 정말 안 되나요? 이건 너무 힘든데요?"

"공동 우승 시켜줘요!"

하지만 공동 우승은 없었다.

우승자는 정호의 예상대로 척살이었다.

하지만 이번 쇼 미 더 패닉의 최대 수혜자는 누가 뭐래도 척살이 아니라 오서연이었다.

쇼 미 더 패닉 참가를 통해 오서연은 솔로 활동을 위한 완벽한 발판을 마련했다.

◇ ◆ ◇

한국이 오서연의 논란으로 떠들썩할 때였다.

미국의 어느 팝스타가 유터보의 영상들을 구경하던 중 누군가의 뮤직비디오 앞에서 스크롤을 멈췄다.

그것은 바로 17억 조회수를 기록하고 있는 밀키웨이의 뮤직비디오였다.

'응? 밀키웨이? 한국의 양산형 걸 그룹인가? 그게 누구였더라? 아! 원더풀걸스 같은?'

기억을 더듬어 원더풀걸스를 떠올린 미국의 팝가수가 마우스 커서를 재생 버튼 위로 옮겼다.

'좋아. 곡도 안 써지는데 한번 봐 보자. 기분 전환 정도는 되겠지.'

그렇게 밀키웨이의 뮤직비디오가 재생됐고 얼마 지나지 않아 미국의 팝가수의 눈이 휘둥그레졌다.

'이게 뭐지……? 생각보다도 굉장히 느낌이 좋은데……? 막 싸이어의 강남애티튜드와 비슷한 느낌일 줄 알았는데 전혀 다르다……. 더 들어봐야겠어…….'

미국의 팝가수는 서둘러 마우스를 움직여 밀키웨이의 다른 뮤직비디오 찾아봤다.

순식간에 4편의 뮤직비디오가 재생됐다.

'1집과 2집의 뮤직비디오는 평범하군……. 그에 반해 3집과 4집에 뮤직비디오는 보통이 아니야……. 특히 곡과의 조화가 마음에 들어…….'

왠지 이 정도로는 아쉬운 마음이 들었다.

그래서 미국의 팝가수는 추천된 영상을 쫓았고 검색의 레이더에 신유나의 솔로 앨범이 걸려들었다.

'신…… 유나……? 밀키웨이의 메인 보컬이라고 그랬지……?'

자연스럽게 신유나의 솔로 앨범 뮤직비디오를 재생시킨 미국의 팝가수가 충격을 받았다.

'이게 뭐야……! 수준이 엄청나잖아……!'

미국의 팝가수가 당장 전화기를 들었다.

그러고는 어디론가 전화를 걸었다.

"제이미? 나 닉인데 꼭 찾고 싶은 사람이 있어요."

지구 반대편에서는 정호가 예상하지 못한 일이 벌어지고 있었다.

쇼 미 더 패닉이 끝나고 정호는 바로 오서연의 솔로 앨범 준비에 들어갔다.

인지도와 음악성을 평가받은 지금이 솔로 활동을 할 좋은 기회라고 생각했기 때문이었다.

"서연아. 지금까지 써놓은 곡들 있지? 그거 전부 유현 씨랑 같이 믹싱하고 마무리 작업해보자."

"오? 정말요?"

"응. 당장 오늘부터 준비해 봐."

하지만 더 급한 일이 있었다.

그것은 바로 신유나의 솔로 앨범 발매였다.

신유나의 솔로 앨범은 오서연이 쇼 미 더 패닉에 참가하는 와중에 준비한 정호의 또 다른 프로젝트였다.

'슬슬 유나도 두 번째 앨범을 내야지.'

정호는 정 이사와 오서연의 돌발 행동에 대한 대책을 마련한 뒤 이런 생각을 했고 생각을 바로 행동으로 옮겼다.

정호는 한유현에게 전화를 걸었다.

"유현 씨. 유나의 솔로 앨범을 준비해야 할 것 같습니다. 일단 완성해둔 곡들을 내일 들어보죠."

"네, 곡을 정리해 두겠습니다."

준비는 일사천리로 진행됐다.

이미 이전의 시간을 기억하고 있는 정호가 신유나의 히트곡들을 전부 모아뒀기 때문에 그랬고 한유현이 이미 믹싱 작업 및 마무리 작업을 완료한 상태였기 때문에 더욱더 그랬다.

"아직 녹음하지 않은 곡들이랑 이번에 유나가 쓴 두 곡을 합치면 바로 앨범을 내도 되겠네요."

"저번에 비해 작업 속도가 빠르군요. 확실히 콘셉트를 정해서 그런지 더 빠른 것 같습니다."

저번 신유나의 솔로 앨범은 콘셉트를 정하는 부분에서 막혔지만 이번에는 그런 일이 발생하지 않았다.

정호가 저번의 일을 교훈 삼아 콘셉트부터 확실하게 정해놓고 일을 추진했기 때문이었다.

그렇게 오서연의 준우승으로 쇼 미 더 패닉의 일이 마무리됨과 동시에 신유나의 솔로 앨범 발매 준비도 막바지에 이르렀다.

'좋아. 이제 대대적인 홍보를 하면 되겠지. 이쪽은 이번에 홍보팀에 맡겨볼까? 하긴 지금까지 내가 너무 나서서 일을 처리한 면이 없지 않았다. 권 팀장님이 괜히 앓는 소리를 하는 게 아니야.'

홍보팀 권 팀장은 요즘 정호를 만나기만 하면 앓는 소리를 냈다.

"아이~ 우리 정호 때문에 내가 직장에서 쫓겨날까봐 걱정이라니깐 정말~"

친분과 농담이 섞인 얘기였지만 간단히 넘어갈 문제만은 아니었다.

정호가 지금처럼 나서서 홍보팀 일에 관여한다고 해서 친분이 두터운 권 팀장이 정호를 적대시하진 않겠지만 괜히 껄끄러운 부분을 만들 필요는 없었다.

'아직도 내가 사람을 너무 못 믿는 건가? 그래, 이번 일은

홍보팀에게 전권을 위임하는 게 좋겠다. 권 팀장님도 능력이 있고 열정이 있는 분이니깐.'

정호가 이런 생각을 하고 있는데 부장실로 전화가 걸려왔다.

"네, 총괄매니지먼트부 3팀장 오정호입니다."

정호는 한국말로 말했지만 상대방의 대답은 영어로 돌아왔다.

"안녕하세요, 오정호 씨. 저는 일렉트로닉 레코드의 제이미 존슨이라고 합니다. 여기가 밀키웨이와 신유나 양의 소속사가 맞죠?"

정호가 놀라서 되물었다.

"네? 어디라고요?"

"일렉트로닉 레코드입니다."

일렉트로닉 레코드는 세계 3대 메이저 레이블로 꼽히는 워너비 뮤직 그룹에 소속된 회사였다.

이전의 시간에서 정호가 미국과 큰 인연을 맺었던 것은 아니지만 그렇다고 해서 일렉트로닉 레코드를 모를 리가 없었다.

"일렉트로닉 레코드가 어째서……?"

정호가 의아함이 가득 담긴 목소리로 물었다.

그러자 제이미 존슨이 웃으며 대답했다.

"아아, 제가 일렉트로닉 레코드의 소속인 건 사실이지만 회사 일 때문에 전화를 드린 건 아닙니다."

제이미 존슨의 말에 정호는 '그러면 그렇지.' 하고 속으로 생각하며 덧붙여 물었다.

"그러면 무슨 일로……?"

"누군가의 부탁을 받아서 전화를 드렸습니다."

이제야 대충 감을 잡고 정호가 대구했다.

"아…… 20세기 폭시사에서 부탁을 받고 전화를 주신 모양이군요."

확실히 정호가 가진 미국과의 연결 고리는 그 정도뿐이었기에 이런 추측을 내릴 수밖에 없었다.

하지만 정호의 추측은 페널티킥의 실축된 공처럼 골포스트 너머로 높이 빗나갔다.

"20세기 폭시사? 여기서 20세기 폭시사의 이름을 들을 줄은 몰랐지만 그것도 아닙니다. 제가 이렇게 연락을 드린 건 개인적인 부탁 때문이었거든요."

이쯤 되자 정호는 제이미 존슨이 자신을 놀리는 것 같다는 생각이 들었다.

그렇지 않고서야 이처럼 본론으로 들어가지 않고 너무 오래 말을 빙빙 돌릴 이유가 없었다.

정호가 단호하고 명확하게 질문했다.

"그럼 일렉트로닉 레코드의 일과도 연관이 없고 20세기 폭시사의 일과도 연관이 없는 개인적인 친분으로 존슨 씨에게 따로 부탁을 한 그 사람이 누구인가요?"

전화기 저편에서 제이미 존슨이 쿡쿡, 웃는 소리가 넘어왔다.

정호의 짜증이 느껴진 모양이었다.

"미안합니다. 이렇게 개인적으로 움직이는 게 오랜만이라 갑자기 장난이 치고 싶었네요. 초면에 실례했습니다. 저에게 부탁을 한 사람은 닉입니다. 아시죠, 닉 리먼드?"

◇ ◆ ◇

정호와 제이미 존슨 사이에는 많은 말들이 오고가지 않았다.

정호는 반쯤 꿈을 꾸는 것 같은 상태로 제이미 존슨의 말을 거의 일방적으로 듣고만 있었을 뿐이었다.

제이미 존슨과의 통화가 끝나고 나서도 정호는 살짝 멍한 상태로 있을 수밖에 없었다.

30여 분가량의 통화가 정호의 영혼을 이토록 뒤흔든 건 닉 리먼드라는 이름 때문이었다.

아무리 정호가 대한민국에서는 산전수전, 그리고 공중전까지 겪은 베테랑 중에 베테랑이라지만 닉 리먼드의 일만큼은 어쩔 수 없었다.

닉 리먼드의 이름은 대한민국은커녕 미국을 넘어서 세계로 뻗어나가는 것이었다.

그러다 보니 정호는 자신도 모르게 소리 내어 중얼거렸다.

"닉 리먼드가 우리 유나를 만나고 싶어 한다고……?"

닉 리먼드는 그래미상, 아메리칸 뮤직 어워드, 빌보드 뮤직 어워드 등을 수상한 세계 최고의 싱어송라이터 중 한 사람이었다.

팝, 록, 레게, R&M, 소울, 힙합 등의 모든 음악을 섭렵한 천재 중의 천재로 어느 평론가는 닉 리먼드에 대해서 이렇게 말한 적이 있을 정도였다.

"사람들은 아직도 찾아내지 못했다. 닉 리먼드가 가장 취약한 음악이 무엇인지."

심지어 대한민국에서도 일렉트로닉 레코드를 모르는 사람이 있을지 몰라도 닉 리먼드를 모르는 사람은 아마 없을 것이 분명했다.

잠시 정신을 가다듬고 정호가 생각했다.

'닉 리먼드 같은 대단한 인물이 유나를 만나고 싶어 한다니……'

엄청난 이름값이었다.

이 엄청난 이름값에 눌려 제이미 존슨이 "어때요? 만나실 의향이 있을까요?" 하고 물어봤을 때 다짜고짜 "네."라고 대답할 뻔했다.

하지만 정호는 간신히 정신을 붙잡고 "긍정적으로 생각해 보겠습니다."라고 대답할 수 있었다.

'일단 긍정적으로 생각해 본다고 말하긴 했지만 조금 더 객관적으로 판단을 내릴 필요가 있다. 그래. 일단 정 이사님과 상의해 보자.'

정호는 곧바로 정 이사에게 전화를 걸었다.

자초지종을 쭉 설명하려고 했지만 설명을 오래 이어갈 수 없었다.

정 이사가 흥분을 하며 이렇게 물었기 때문이었다.

"뭐라고!? 닉 리먼드? 진짜 닉 리먼드야?"

"네, 닉 리먼드입니다. 전화를 건 사람은 제이미 존슨이라는 일렉트로닉 레코드의 직원이었지만요."

"일렉트로닉 레코드?"

정호는 정 이사가 오해를 할까봐 얼른 덧붙여서 대답했다.

"아아, 오해는 하지 마세요. 일레트로닉 레코드와는 전혀 연관성이 없는 개인적인 친분 때문에 연락을 준 거랍니다."

하지만 정 이사는 이미 얼이 나간 사람처럼 행동했다.

"말도 안 돼……. 닉 리먼드라니……. 일렉트로닉 레코드라니……."

정호가 다시 한 번 정 이사의 말을 정정해줬다.

"일렉트로닉 레코드는 이번 일에 전혀 상관이 없다니까요."

정정을 해줬지만 정 이사의 상태는 여전했다.

"닉 리먼드……. 일렉트로닉 레코드……."

중증이었다.

정호가 무슨 말을 해도 정 이사는 계속해서 닉 리먼드와 일레트로닉 레코드라는 말만 중얼거렸다.

그러더니 갑자기 정신을 차리곤 정호에게 소리쳤다.

"기다려. 내가 지금 네 방으로 내려갈게."

나중에 알게 된 사실이지만 정 이사는 닉 리먼드의 열렬한 팬이었다.

잠시 후, 정호는 자신의 방으로 내려온 정 이사에게 전화 통화 내용을 간략하게 설명했다.

어찌나 급했는지 정 이사는 정호의 방으로 거의 뛰다시피 하여 단숨에 내려와 있는 상태였다.

"그게 정말이야? 닉 리먼드가 유나를 보고 싶어 한다고? 콕 집어서 유나를?"

"네, 그렇답니다. 유터보를 통해서 우연히 밀키웨이의 뮤직비디오를 접한 닉 리먼드가 밀키웨이 뮤직비디오에 관심을 갖게 됐고, 연관 추천이 된 유나의 뮤직비디오도 보게 됐답니다. 그러다가 같이 작업을 해보면 어떨까 생각을 했고요."

정 이사가 턱을 손으로 쥔 채 진지한 표정을 지으며 중얼거리듯 말했다.

"그렇군……. 걱정하지 마, 정호야."

정 이사의 뜬금없는 걱정 타령이었다.

정호는 정 이사가 무엇을 걱정하지 말라는 건지 알 수 없어서 되물었다.

"예? 뭘요?"

정 이사가 다 알고 이해한다는 듯한 표정을 한 채 말했다.

"너 요즘 무척이나 힘든 거 알아. 유나, 서연이 솔로 앨범 준비로 눈코 뜰 새 없이 바쁜데 거기에 여운이 촬영 상태 점검까지…… 스케줄이 진짜 엄청나잖아. 근데 그게 끝이야? 해른이는 뉴 아트 필름에서 제의한 신작에 곧 들어가야 할 거고, 미지는 해외에서 온 팬들로 뮤지컬 공연장이 늘 떠들썩하며, 수아는 이번에 나 피디의 신작 예능에 고정으로 확정됐다고 했잖아."

정호가 살짝 놀라는 척을 하며 대답했다.

"제 스케줄을 잘 알고 계시네요. 예전에는 말해줘도 들은 척도 안 하시더니."

"잘 알지. 그러니깐 걱정하지 말라는 거야."

"그러니깐 뭘를요?"

정호는 본론부터 말하도록 정 이사를 보챘다.

오늘따라 유난히 사람들이 자꾸 말을 빙빙 돌리는 것 같은 기분이 들어 살짝 짜증이 났다.

정 이사가 그런 정호의 마음도 모르고 어깨를 토닥이며 대꾸했다.

"뭐긴 뭐야, 미국에 유나를 데려가는 일이지. 걱정하지 말고 너는 한국에서 스케줄 처리하고 있어. 유나는 내가 미국까지 잘 데려갔다가 잘 데려올게."

정호가 허, 하고 헛웃음을 내뱉었다.

정 이사의 검은 속내가 뻔히 들여다보였다.

한마디 해주려다가 정호는 참으며 다른 말로 운을 뗐다.

"됐고요. 미국은 제가 직접 갈 거예요. 그러니깐 대답이나 해줘요. 닉 리먼드를 만나러 미국에 가는 거 어떨 거 같아요?"

작전이 실패로 돌아갔다는 사실을 깨닫고 정 이사가 입맛을 다시며 말했다.

"어떠긴 어때. 무조건 가야지."

난리였다.

정호가 사내 인트라넷으로 닉 리먼드와 관련된 사항의 보고를 올리자마자 윤 대표로부터 전화가 걸려왔다.

"정 이사랑 같이 올라오게."

뭔가 잘못됐나 싶어서 정호는 정 이사와 함께 서둘러서 대표실로 들어갔다.

두 사람이 불도 제대로 켜놓지 않은 방에 들어서자마자 윤 대표는 진지한 목소리로 물었다.

"정말 닉 리먼드인가?"

윤 대표의 평소와 다른 분위기에 놀라며 정 이사가 대답했다.

"네? 네, 그렇다던데요?"

윤 대표가 천천히 고개를 끄덕였다.

정호는 고개를 끄덕이는 윤 대표의 입가에 살짝 미소가 어렸다가 금세 사라지는 장면을 목격했다.

'설마……. 아니겠지……?'

정호가 혹시나 하고 있을 때 윤 대표는 한껏 무게를 잡으며 계속 말을 이어 나갔다.

"그렇군……. 그렇다면 내가 직접 나서야지."

"네?"

"당연하지 않겠나? 닉 리먼드 같은 인물을 한 회사의 대표가 아니면 누가 만나겠어."

한편으론 분명 타당한 면이 있는 말이었다.

하지만 이미 정호는 윤 대표의 미소를 발견한 직후였다.

그래서 이 얘길 해주지 않을 수 없었다.

"근데…… 유나가 저랑 같이 가고 싶다고 하던데요?"

윤 대표의 표정이 대번에 굳어졌다.

윤 대표도 예외 없이 닉 리먼드의 열렬한 팬이었다.

한껏 무게를 잡던 윤 대표는 결국 본색을 드러내며 자기가 가겠다고 고집을 부렸지만 결국 신유나와 미국행 비행기에 오른 것은 정호였다.

신유나가 정호와 함께 가기를 강력하게 바랐기 때문에 어쩔 수 없었다.

"갑자기 이런 소식을 전해서 미안한데 유나야…… 이번 솔로 앨범 발매는 잠정적 연기하기로 했어."

연습실에서 솔로 컴백 준비가 한창이던 신유나는 정호의 말을 듣고 동그랗게 눈을 떴다.

"예? 갑자기 왜요?"

"네가 닉 리먼드와 작업을 하게 됐거든."

"네? 누구요?"

평소 웬만하면 놀라지 않는 신유나마저도 놀라게 할 만큼 엄청난 일이었고 부담스러운 일이었다.

신유나는 단호하게 말했다.

"다른 사람은 싫어요. 꼭 부장님이 같이 가주세요."

신유나 입장에서는 오랜 시간을 함께한 정호가 가장 믿을 만할 수밖에 없는 상황이었다.

뿐만 아니라 이외에도 정호가 미국에 가야 할 이유는 많았다.

정 이사와 윤 대표는 모두 〈라스트 위크〉와 관련된 사항을 직접 처리해본 바가 없었고 결정적으로 두 사람은 영어를 할 줄 몰랐다.

한국에서는 어찌어찌 업무를 대신 처리해줄 수 있어도 미국에서는 그게 가능하지 않다는 뜻이었다.

'휴…… 방해물도 사라졌으니 홀가분하게 미국에서의

일을 기대해 볼까……?

정호가 그런 생각을 하며 슬쩍 옆자리에 앉아 있는 신유나의 상태를 살폈다.

신유나는 언제나처럼 특유의 뿌로통한 표정을 짓고 있었지만 정호는 신유나의 컨디션을 어렵지 않게 파악할 수 있었다.

'긴장과 설렘이 느껴지는군……. 그러고 보니 유나도 닉 리먼드를 좋아했지?'

정호가 신유나에게 물었다.

"어때? 평소에 팬이었던 대스타를 만나러 가는 기분이?"

때마침 비행기에서는 곧 착륙을 한다는 안내 방송이 흘러나왔다.

신유나는 안내 방송에 따라 안전벨트를 착용하며 말했다.

"별로요……."

"별로라고?"

정호가 신유나를 쫓아 안전벨트를 착용하며 되묻자 신유나가 정호를 마주보며 대꾸했다.

"별로 다르지 않다고요."

그때 비행기가 착륙을 위해 조금씩 하강을 시작했다.

그에 따라 두 사람의 가슴도 이전보다 조금 더 두근거렸다.

닉 리먼드.

이제 곧 모두가 바라마지 않는 그 사람을 만날 시간이었
다.

매니지먼트 제왕

7장. 기묘한 대면

공항에서 제이미 존슨이 정호와 신유나를 기다리고 있었다.

"드디어 이렇게 직접 뵙게 되는군요. 안녕하세요, 저는 제이미 존슨입니다."

"오정호입니다."

"신유나예요."

제이미 존슨은 스킨헤드에 뿔테 안경을 쓰고 있는 지적이면서도 세련된 느낌을 주는 사내였다.

전화 통화를 할 때도 느꼈지만 단어를 선택하는 방식도 상당히 고급스러운 면이 있었다.

전형적이면서도 독특한 면이 있는 인텔리 스타일이었다.

세 사람은 공항에서 간단히 인사를 나눴다.

그러고는 바로 정호와 신유나는 제이미 존슨을 따라 닉 리먼드가 기다리고 있다는 자택으로 움직였다.

제이미 존슨의 차는 지적인 이미지와는 조금 상반된 면이 있는 노란색 포르쉐였다.

직접 운전을 하며 제이미 존슨이 말했다.

"한국에서는 특별한 경우에만 친구를 집으로 초대한다고 하죠?"

조수석에 앉아 있던 정호가 대답했다.

"뭐, 그렇습니다."

"일본에서는 거의 집으로 사람을 초대하지 않는다던데 한국도 그런 느낌인가요?"

정호는 쾌적한 미국의 도로 상태를 즐기며 대답했다.

확실히 미국은 땅이 넓어서 그런지 체감상 차가 적은 것 같은 느낌이 들었다.

"조금 다릅니다. 한국에서는 이사한 집에 사람들을 초대하는 집들이 같은 문화도 있으니까요."

제이미 존슨이 고개를 끄덕이며 대화를 이어 나갔다.

"그렇군요. 아시다시피 미국에서는 거의 모든 일이 각자의 집에서 벌어지는 편입니다. 외식도 웬만하면 하지 않죠. 그렇다고 해서 아무나 집에 들이는 건 아니에요. 다른 의미로 이 초대는 닉이 여러분과 친구처럼 지내고 싶어 한다는 걸 뜻합니다."

제이미 존슨이 다소 과장된 어투로 말했다.

닉 리먼드가 친구처럼 지내고 싶어 한다는 얘길 들으면 두 사람이 굉장히 놀랄 거라고 생각했던 모양이었다.

하지만 어느새 정호는 정신을 똑바로 차리고 있었다.

놀라기만 해서는 사람을 제대로 상대할 수 없는 법이었다.

적어도 자신만큼은 이 상황을 객관적으로 바라볼 필요가 있었다.

그래서 정호는 이렇게 말했다.

"저희도 닉 리먼드랑 친하게 지낼 수 있다면 좋겠군요. 하지만 어떻게 될지는 모르겠습니다. 사람은 직접 만나봐야 알 수 있는 것이니까요."

정호의 시니컬한 대답을 듣고 제이미 존슨이 큰 소리를 내어 하하하, 하고 웃었다.

"그렇네요. 맞는 말입니다. 여러분이 꼭 닉 리먼드가 마음에 들었으면 좋겠군요. 개인적으로 저도 닉 리먼드를 친구로서 무척이나 아끼고 좋아하거든요."

확실히 매니저도 아닌데 이처럼 나서서 일을 처리한다는 것 자체가 제이미 존슨과 닉 리먼드의 신뢰도나 친분을 알 수 있는 대목이었다.

더불어 닉 리먼드의 인성도.

"기대가 되네요."

"기대하십시오. 닉 리먼드도, 닉 리먼드의 자택도."

그사이 세 사람은 어느 커다란 저택 앞에 도착해 있었다.

제이미 존슨이 잠시 대문 앞에 대기하자 잠시 후, 대문이 열렸다.

그리고 그와 동시에 엄청난 위용을 자랑하는 대저택의 내부가 훤히 드러났다.

신유나가 놀라서 중얼거렸다.

"이건 마치…… 하나의 마을 같네요."

신유나의 말에 정호가 고개를 끄덕였다.

확실히 대문을 너머에는 엄청난 넓이의 잔디밭이 펼쳐져 있어서 당장 마을을 지어도 이상하지 않겠다는 생각이 들었다.

그 정도로 넓은 부지였다.

옆에서 제이미 존슨의 목소리가 끼어들었다.

"닉 리먼드의 집은 스타치고는 소박한 편이죠."

신유나는 "이게 소박하다고?"라는 질문이 담긴 눈빛으로 제이미 존슨을 쳐다봤다.

그런 신유나를 향해 빙그레 웃어 보이며 제이미 존슨이 차를 움직였다.

"자, 어서 들어가죠."

제이미 존슨은 차를 몰아 잔디밭 사이를 가로질러 세련되면서도 거대한 저택의 본건물 앞으로 이동했다.

저택 앞에 도착한 세 사람이 차에서 내리자 집사로 보이는 한 남성이 다가왔다.

"준! 반가워요. 오랜만이네요."

"오랜만입니다, 제이미. 저도 반갑습니다."

"닉은 어디 있나요?"

준이라고 불린 남자는 대답 대신 저택 뒤편을 힐끗 쳐다봤다.

"휴…… 또 거길 가 있군요. 편한 집을 놔두고."

제이미 존슨의 한탄을 준은 가만히 웃으며 받아줬다.

"그럼 주차 좀 부탁할게요, 준."

"걱정 마세요. 그게 제 일이니까요."

제이미 존슨은 노란색 포르쉐에 오르는 준을 보다가 정호와 신유나에게 말했다.

"이쪽으로 따라오세요. 탐험을 할 시간입니다. 차를 타고 갈 수 있다면 좋겠지만 그래서는 안 돼요. 닉이 무척이나 그걸 싫어하거든요."

제이미 존슨이 저택의 뒤편으로 앞서 걸어가기 시작했다.

신유나는 그 모습을 지켜보다가 제이미 존슨이 무슨 소리를 하는지 아느냐는 듯 정호를 올려다봤다.

정호도 무슨 소리를 하는지 알지 못했기 때문에 그저 어깨만 으쓱, 들어올렸다.

◇ ◆ ◇

정호와 신유나는 영문도 모른 채 제이미 존슨을 따라 걸었다.

5분 정도 저택 뒤편의 잔디밭을 걷고 나자 산과 함께 작은 숲이 보였다.

그리고 작은 숲 사이로 깔끔하게 지어 올린 오두막 하나가 빼꼼 모습을 드러냈다.

쉼 없이 걷던 제이미 존슨이 마침내 멈춰 서서 오두막을 손으로 가리켰다.

"헉헉…… 드디어 도착했군요. 저깁니다. 우리가 만날 사람이 저기에 있어요."

정호는 제이미 존슨이 가리키고 있는 오두막을 살펴봤다.

오두막 옆에는 도끼 한 자루와 땔감용 나무가 놓여 있었다.

정호가 도끼와 나무를 가리키며 물었다.

"우리가 만나기로 한 사람이 닉 리먼드가 아니라 닉 리먼드의 벌목꾼이었나요?"

정호의 농담에 제이미 존슨이 땀을 훔치다 말고 하하하, 하고 웃었다.

"처음에는 차가운 인상이었는데 오 부장님은 알면 알수록 재밌는 사람이군요. 닉도 농담을 무척이나 좋아합니다."

"맞습니다. 좋아하죠."

그때 익숙한 듯 낯선 누군가의 목소리와 함께 벌컥, 오두막의 문이 열렸다.

오두막 문을 열고 등장한 사람은 닉이었다.

다름 아닌 세계 최고의 싱어송라이터 닉 리먼드.

닉 리먼드가 편한 복장으로 정호와 신유나를 반겼다.

"제 작업실에 오신 걸 환영합니다."

닉 리먼드를 포함한 네 사람은 오두막 안쪽으로 이동하여 대화를 나눴다.

처음에는 각종 미디어를 통해 간접적으로만 만날 수 있던 스타를 실제로 만난다는 게 너무나도 신기했다.

그래서 왠지 말을 붙이기 조금 힘들었다.

하지만 그건 닉 리먼드도 마찬가지였던 모양이었다.

닉 리먼드는 신유나를 가만히 바라보다가 놀라서 이렇게 외쳤다.

"와우! 진짜 신유나네요. 유터보로만 봤던 신유나가 지금 제 눈앞에 있어요!"

제이미 존슨은 호들갑을 떠는 닉 리먼드를 자제시켰고 정호는 그런 닉 리먼드의 반응을 보면서 생각했다.

'확실히 생각해 보니 우리 유나도 스타잖아? 그래. 매니저라면 자신의 연예인이 최고의 스타라고 생각해야 하는 법이지.'

한 번 이런 식으로 생각하고 나자 닉 리먼드가 편하게 느껴졌다.

그건 신유나도 마찬가지인 것 같았다.

닉 리먼드를 바라보는 표정이 한결 부드러워졌다.

제이미 존슨이 말했다.

"놀라셨죠? 집도 그렇고. 이 친구가 꽤나 소박합니다. 이 집이 아마도 전세였지?"

제이미 존슨의 농담을 닉 리먼드가 받았다.

"무슨 소리야. 월세인데."

그렇게 편한 대화가 오고가기 시작했고 동시에 닉 리먼드라는 사람의 내면이 조금씩 보이기 시작했다.

닉 리먼드는 알면 알수록 생각보다 소탈한 사람이었다.

대화를 나눌 때마다 그렇다는 게 여실히 느껴졌다.

닉 리먼드가 신나서 떠들었다.

"어제는 여기서 작업을 하다가 잠이 들었는데 무슨 소리가 나서 눈을 떠 보니 글쎄, 곰 한 마리가 나를 가만히 들여다보고 있더라고."

제이미 존슨이 어이없다는 표정을 한 채 대꾸했다.

"곰이 있었다고? 이 작은 숲에?"

"응, 곰이 있었어."

"말도 안 돼. 곰이 아니라 얼굴이 부은 너였겠지. 저쪽에 걸려 있는 전신 거울 비친 네 모습 말이야."

닉 리먼드가 손바닥을 탁, 치며 말했다.

"아! 그럴 수도 있겠다. 내가 그날 저녁에 꽤나 과음을 했거든."

특히 닉 리먼드와 제이미 존슨의 대화는 거의 만담 수준이었다.

두 사람이 어째서 이런 친분을 유지하고 있는지 어렵지 않게 알 수 있었다.

'대단한 콤비로군. 이 콤비를 보고 있자니 괜히 봉팔이랑 만철이가 생각나는데? 어서 이쪽 일을 마무리 짓고 그 두 사람을 보러 가야겠다.'

그렇게 수다를 나누다 보니 어느새 저녁 시간이 됐다.

"벌써 시간이 이렇게 됐군요. 업무 얘기도 좋지만 식사부터 하는 게 어떨까요?"

업무 얘기는커녕 여길 와서 정호와 신유나가 한 일이라곤 닉 리먼드와 제이미 존슨의 만담을 구경한 게 전부였지만 정호와 신유나는 닉 리먼드의 식사 제의를 흔쾌히 받아들였다.

'좋은 사람과의 좋은 자리를 굳이 거부할 필요는 없지. 친해진다고 해서 해를 끼칠 사람 같지도 않고.'

확실히 닉 리먼드는 친해진다고 해서 도움이 된다면 됐지 해를 끼칠 사람은 아니었다.

닉 리먼드와 제이미 존슨의 수다는 저녁 식사 중에도 어김없이 이어졌다.

매니지먼트의 제왕 4

이 저택의 집사인 준이 사람들과 함께 오두막 앞에 저녁 식사를 준비했고 네 사람은 그림 같은 풍경을 앞에 두고 저녁 식사를 시작했다.

닉 리먼드가 진수성찬 앞에서 입을 열었다.

"준비한 건 없지만 맛있게들 드세요."

이번에도 빠지지 않고 제이미 존슨이 닉 리먼드의 말을 받았다.

"정말 조촐하군. 손님을 모셔놓고 겨우 랍스터라니? 내가 다 민망할 정도야."

닉 리먼드 앓는 소리를 냈다.

"좀 이해해줘. 요즘 월세가 너무 비싸서 생활이 빠듯해."

화기애애한 분위기에서 식사가 계속 이어졌고 식사가 마무리될 즈음 대화 주제는 자연스럽게 음악에 관한 것으로 넘어갔다.

닉 리먼드가 신유나를 향해 말했다.

"유나 양이 가장 잘 다루는 악기는 뭔가요? 피아노? 바이올린? 혹시 탬버린?"

정호는 정신을 바짝 차렸다.

본격적인 업무 얘기가 시작될 것 같았기 때문이었다.

어느새 이곳의 분위기에 자연스럽게 적응한 신유나가 대답했다.

"저는 기타를 가장 잘 다루는 편이에요."

"오, 기타! 들어보고 싶네요. 유나 양의 기타 연주."

신유나가 오두막 주변을 둘러보다가 땔감용 나무 하나를 가리키며 말했다.

"저걸로 들려드리면 될까요? 닉이 조금만 노력해 주면 좋은 기타가 될 것 같은 나무인데."

예고도 없이 훅, 들어온 신유나의 갑작스러운 농담에 닉 리먼드와 제이미 존슨은 웃음을 터뜨렸다.

닉 리먼드가 웃으면서 말했다.

"킥킥킥. 기다려 봐요. 제가 정말 좋은 나무로 만든 좋은 기타를 가져다드리죠. 물론 제가 직접 만든 건 아니지만요."

닉 리먼드가 오두막 안으로 들어갔다가 나왔다.

닉 리먼드의 손에는 기타 하나가 들려 있었다.

"깁슨입니다. 제가 무척이나 아끼는 놈이죠. 이 저택의 다른 건 전부 싸구려이고 조촐하지만 이 깁슨만큼은 진짜 귀한 겁니다."

아직 식사가 끝나지 않은 제이미 존슨이 연어 샐러드를 입안 가득 문 채 반응했다.

"오오, 깁슨! 유나 양한테 아주 잘 어울리는 놈을 가져왔군."

신유나는 닉 리먼드가 건네준 깁슨을 잠시 말없이 내려다봤다.

다른 누군가가 보기엔 어떤 노래를 부를지 고민하는 것처럼 보이겠지만 정호의 눈에는 신유나가 어떤 상태에 있는지 훤히 보였다.

'감회에 젖었구나……'

정호로서는 자신이 동경하던 스타로부터 노래를 청해 듣고 부른다는 것이 어떨지 짐작도 가지 않았다.

그래도 응원을 해줘야 하는 게 정호의 역할이었다.

정호는 속으로 응원했다.

'힘내라, 유나야……. 너의 스타 앞에서 실력을 보여 줘…….'

신유나가 잠시 심호흡을 하더니 깁슨을 연주하기 시작했다.

수준급의 실력이 그대로 드러나는 연주였다.

그리고 마침내 신유나가 노래를 부르기 위해 입을 뗐다.

아직 공개되지 않은 '금요일, 오늘 만나요'라는 신곡이 신유나 특유의 음색을 타고 흘러나왔다.

항상 장난기 어린 표정으로 농담만을 일삼았던 닉 리먼드의 표정이 달라졌다.

'그럴 수밖에 없겠지. 이 노래의 힘이 느껴질 테니깐.'

아니나 다를까.

노래가 끝나자마자 닉 리먼드가 박수를 치며 말했다.

"훌륭한 연주이고 노래입니다. 땔감용 나무로 노래를 시켰으면 큰일이 날 뻔했어요."

신유나는 닉 리먼드의 칭찬이 기쁜 듯했지만 동시에 부끄럽기도 한 모양이었다.

얼굴이 살짝 붉어진 채 말없이 기타를 닉 리먼드에게 건넸다.

닉 리먼드가 기타를 받지 않고 손사래를 쳤다.

"훌륭한 연주와 노래를 들려준 보답을 하고 싶네요. 괜찮다면 깁슨은 유나 양이 받아주세요."

신유나가 동그랗게 눈을 뜨며 반문했다.

"정말요?"

"네, 물론입니다. 그리고 한 가지 더. 이 자리에서 정식으로 부탁할 게 있습니다."

정호가 뭔가 낌새를 느끼고 끼어들었다.

"뭔가요?"

닉 리먼드는 빙그레 웃으며 대답했다.

"방금 연주와 노래를 듣고 확신했습니다. 유나 양, 정식으로 저와 함께 작업 하나를 하지 않으실래요?"

8장. 엄청난 속도

 이틀 후.

 닉 리먼드와 신유나는 회사 차원에서 정식으로 계약을 체결했다.

 닉 리먼드는 서둘러 작업에 들어가고 싶다며 빨리 계약을 하자고 보챘지만 그럴 수는 없었다.

 아무리 서두른다고 해도 청월의 법무팀이 오기 위해서는 적어도 이틀의 시간이 필요했다.

 '법무팀 없이 큰 계약을 맺는 것은 자살행위나 다름없지.'

 며칠간 정호가 확인한 닉 리먼드의 인성에는 전혀 문제가 없었다.

적어도 계약서에 장난질을 칠 인물은 아니라는 뜻이었다.

'닉의 입장에서는 그럴 이유도 없고.'

하지만 닉 리먼드의 회사 일렉트로닉 레코드는 달랐다.

'제이미도 믿을 만한 사람이지만 제이미가 계약 책임자인 것은 아니다. 일렉트로닉 레코드라면 엄청난 법무팀을 대동하겠지.'

이런 법무팀을 맨몸으로 상대할 수는 없는 일이었다.

그래서 정호는 최소한의 방어를 위해 청월의 법무팀을 미국으로 불러들였다.

'법무팀이라……'

정호가 과거의 일을 회상했다.

청월의 법무팀이 생긴 지는 1년이 채 안 됐다.

이전까지만 해도 신인 계약은 매니저들이 직접 처리했고 규모가 큰 계약은 외부 로펌의 도움을 받는 식이었다.

그래도 아무런 문제가 없었다.

심지어 불편함조차 느끼지 못했다.

하지만 청월은 이제 대한민국 톱급 소속사에 근접한 상태였다.

3대 소속사까지는 아니더라도 총력을 기울인다면 3대 소속사와 파워 싸움을 벌여도 손색이 없을 정도로 성장했다는 뜻이었다.

이에 따라 회사 내부에서는 자연스럽게 법무팀의 필요성이 대두됐다.

다만 법무팀을 꾸리기가 생각처럼 쉽지만은 않았다.

그중에서도 특히 믿고 신뢰할 만한 책임자를 찾는 것이 어려웠다.

윤 대표는 따로 정호와 정 이사를 불러놓고 말했다.

"다른 인원들은 공고를 내서 뽑으면 된다지만 책임자는 아니네. 제대로 된 인물이어야 해. 괜찮은 사람 없을까?"

윤 대표의 질문에 정 이사가 대답했다.

"송 변호사는 어떨까요?"

송 변호사는 청월이 외부 로펌 KA와 일을 할 때마다 청월의 업무를 담당했던 사람이었다.

경력도 많고 실력도 있는 분명 좋은 인재였다.

하지만 송 변호사를 데려오는 건 불가능한 일이었다.

"송 변호사가 아쉬울 게 뭐라고 여길 오겠나. 이미 KA에서 대기업 부장 정도의 연봉은 훌쩍 넘게 받는 사람인데."

정 이사가 윤 대표의 말에 수긍했다.

"하긴 그렇긴 하죠. 음…… 대표님은 아는 분 없으세요?"

"최 변호사라고 오래 알고 지내던 사람이 있었는데 최근에 TM으로 갔어. 주변에 괜찮은 사람이 있으면 소개시켜 달라고 운을 떼놨지만 마냥 그것만 기대하고 있을 수는 없네."

그 이후로는 꽤 오래 침묵이 이어졌다.

두 사람 다 생각나는 사람이 없는 모양이었다.

정호도 마찬가지였다.

딱히 떠오르는 사람이 없었다.

'누구 없나……?'

그때 문득 한 사람의 얼굴이 떠올랐다.

'그 사람이라면…….'

정호가 침묵을 깨고 입을 열었다.

"고 변호사 어떠세요?"

정호의 말을 정 이사가 받았다.

"고 변호사?"

고 변호사는 송 변호사를 따라다니며 청월의 일을 처리하던 KA 소속의 사람이었다.

정호는 고 변호사가 이맘때쯤 겪었던 일을 상기하며 말했다.

"네, 고 변호사요. 최근에 KA에서 억울한 일에 엮여서 안 좋은 상황에 놓였다고 들었거든요."

일렉트로닉 레코드의 법무팀과 적극적으로 협상을 벌이고 있는 고 변호사를 보면서 정호가 생각했다.

'고 변호사라면 믿음직하지.'

고 변호사는 이전의 시간에서도 청월 법무팀의 팀장이었다.

하지만 그때 당시에는 초대 팀장이 아니라 2대 팀장이었다.

정호가 고 변호사를 찾아갔을 때 고 변호사는 정치와 관계가 깊은 기업을 변호하다가 기업의 비리가 폭로되면서 KA에서 해고를 당한 상태였다.

'원래대로라면 KA에서 해고를 당한 고 변호사는 방황을 하며 지방을 전전하다가 간신히 재기하여 과거부터 인연이 있던 청월의 법무팀으로 들어오는 거였지.'

하지만 정호는 고 변호사에게 뛰어난 능력과 인품이 있다는 걸 알았다.

'평생 후회한 일이 성공을 위해 KA에서 원치 않는 변호를 한 것이라고 서슴없이 말하는 사람이었으니깐.'

그리고 결정적으로 정호가 기억하고 있는 청월의 초대 법무팀 팀장은 능력이 뛰어난 사람이 아니었다.

윤 대표가 알고 지냈다는 최 변호사의 지인이었는데 실력도 인성도 기대 이하였다.

그에 반해 고 변호사는 이전의 시간에서도 능력이 출중해서 청월 내 많은 사람들의 신뢰를 받았다.

그건 법무팀이 꾸려진 지 1년이 채 지나지 않은 지금도 마찬가지였다.

"……이 조항은 받아들일 수가 없네요. 판례에 따르면…….."

고 변호사는 언제 준비를 했는지 일렉트로닉 레코드의 법무팀 앞에서 미국의 여러 판례들을 줄줄이 꿰고 있었다.

청월의 법무팀을 얕봤던 일렉트로닉 레코드 법무팀 직원들의 표정이 조금씩 일그러지는 게 느껴졌다.

정호는 그 모습을 보면서 내심 안심했다.

'일찍 고 변호사를 만나서 다행이야. 고 변호사의 존재로 청월은 든든한 최종 방어선을 구축한 셈이다.'

◇ ◆ ◇

정호가 최근의 일을 회상하는 사이 계약서의 조율 및 합의가 끝났다.

여러 복잡한 조항이 계약서에 빼곡하게 적혀 있었지만 계약의 골자는 간단했다.

닉 리먼드와 신유나가 총 두 곡의 작업을 함께한다는 내용이었다.

고 변호사가 묵직한 중저음으로 사람들에게 말했다.

"……끝으로 완성된 곡은 각각 한 곡씩 두 사람의 앨범에 들어갑니다. 이상으로 닉 리먼드 씨와 신유나 양의 계약이 성사되었음을 알립니다."

자리에 모여 있던 모두가 박수를 쳤다.

닉 리먼드와 신유나는 물론이고 제이미 존슨과 함께 이번 협상에 참여한 일렉트로닉 레코드 측의 고위 인사 둘도 두 사람을 계약을 축하했다.

유혈 사태만 없었다 뿐이지 정말 피가 터질 정도로 열심히 공방을 벌였던 청월의 법무팀과 일렉트로닉 레코드의 법무팀도 이때만큼은 모든 걸 잊고 두 사람을 축하하는 데 집중했다.

정호는 함께 박수를 치며 생각했다.

'어떤 작품이 나올지 기대되는군. 정말 재미있겠어.'

다음 날.

닉 리먼드와 신유나의 작업이 시작되자 정호는 어째서 닉 리먼드가 자신을 보챘는지 알 수 있었다.

'이 속도는…… 뭐지……? 거의 히어로 영화를 보는 기분인데……?'

미블 코믹스의 히어로 영화가 매번 성공을 거두는 이유에는 다양한 요소들을 꼽을 수 있겠지만 그중에서도 핵심은 바로 속도였다.

90년대의 영화만 해도 영화 속의 시간과 영화 바깥의 시간이 거의 일치하는 편이었다.

조금 과장을 보태서 설명하자면 영화 속 주인공이 커피를 마실 때 영화를 보던 관객이 같이 커피를 마시면 거의 동시에 커피 잔을 내려놓을 수 있다는 뜻이었다.

하지만 영화 시장이 급속도로 발전하면서 영화들은 새로운 활로를 찾기 시작했는데 그 활로가 된 것 중에 하나가 바로 속도라는 요소였다.

'시간이 열 배면 재미도 열 배! 정교한 편집을 통한 빠른

장면의 전환으로 관객의 눈을 현혹시키는 것, 그게 바로 속도의 힘이지!'

실제로 미블 코믹스에서 만든 영화들을 보면 엄청난 길이의 시간이 순식간에 흘러가는 것을 알 수 있었다.

그리고 정호는 지금 닉 리먼드와 신유나라는 '음악 히어로'가 엄청난 속도로 작업을 하는 영화의 한 장면을 관람하는 듯한 착각에 빠졌다.

그 정도로 믿기지 않는 속도였다.

'처음에는 이렇지 않았는데……'

작업 초반에만 해도 두 사람은 분명 '상의'라는 것을 하고 있었다.

"유나 양이 치고 싶은 코드를 쳐보세요. 아무거나 생각나는 뭐든 좋아요."

"어떤 게 좋을까요? 이런 거요?"

닉 리먼드의 말에 따라 신유나가 피아노를 쳤다.

"좋네요. 근데 이 부분은 이렇게 바꾸는 게 좋지 않을까요?"

닉 리먼드가 신유나 옆에서 비슷하지만 다른 코드를 들려줬다.

신유나가 고개를 끄덕였다.

"좋은데요?"

정호가 두 사람의 작업 초반부를 상기하며 생각했다.

'그래…… 이때까지만 해도 서로에게 코드를 들려주며

의견을 물었는데······.'

그런데 코드에 대한 상의가 끝나자마자 닉 리먼드는 신유나에게 정호로서는 받아들이기 어려운 제안을 했다.

"음······ 그럼 이 코드로 가죠. 하지만 더 이상의 상의는 무의미할 것 같습니다. 우리 연주로 대화를 해보도록 해요. 서로 생각나는 대로 아무 말이나."

정호는 닉 리먼드가 무슨 얘기를 하는지 당최 제대로 파악할 수가 없었다.

하지만 신유나는 닉 리먼드의 말을 찰떡같이 알아듣고 곧바로 연주를 시작했다.

먼저 그랜드 피아노로 정해둔 코드를 신유나가 쳤다.

그걸 듣고 있던 닉 리먼드가 코드를 살짝 변주하여 신디사이저로 다음 부분을 완성시켰다.

그사이 신유나는 기타를 가져와 음을 새롭게 얹었고 닉 리먼드는 쉴 틈 없이 한 손으로 신디사이저를 치면서 다른 한 손으로 드럼 스틱을 들어 드럼을 두드렸다.

순식간에 한 곡의 음악이 완성됐다.

"좋아요!"

연주가 끝나고 닉 리먼드가 상기된 얼굴로 소리쳤다.

하지만 신유나는 대답 없이 신디사이저 앞으로 가서 닉 리먼드가 변주한 부분을 다시 변주했다.

다시 표정이 달라진 닉 리먼드가 앞선 연주에서 신유나가 사용했던 기타를 들어 새로운 변주 코드를 만들었다.

'엄청난 속도군⋯⋯.'

정호는 두 사람의 속도를 따라잡지 못한 채 연주와 연주를 하는 모습을 멍하니 듣고 바라만 봤다.

그렇게 앞선 곡과 같지만 조금 다른 두 번째 곡이 완성됐다.

두 번째 곡이 완성되고 나서야 간신히 정신을 차린 정호가 작업실 문을 가리키며 말했다.

"어⋯⋯ 제가 이 문을 열고 나가 화장실에 다녀오면 몇 곡이 더 완성되어 있을까요?"

정호의 농담을 알아듣고 닉 리먼드가 말했다.

"팝콘이랑 콜라는 사지 마세요. 그럼 작업이 이미 끝나 있을 겁니다."

◇ ◆ ◇

정호는 포기했다.

스무 번째 곡이 만들어지는 순간, 더 이상 몇 곡이 만들어지고 있는지 헤아리는 게 의미가 없음을 인정하지 않을 수 없었다.

정호가 맹렬한 속도로 스물한 번째 작업이 이뤄지고 있는 현장을 지켜보며 생각했다.

'유현 씨를 데려왔다면 좋았을 텐데⋯⋯. 그나저나 유나가 저렇게 작곡에 소질이 있었나⋯⋯?'

정호의 생각은 반만 맞았다.

신유나가 소질이 있는 것도 사실이었지만 이런 작업이 가능한 것은 닉 리먼드의 엄청난 능력 때문이었다.

서른 번째 곡 작업이 이어지면서 정호도 그 부분을 눈치챌 수 있었다.

'이게…… 월드 스타급 가수의 능력이라는 건가……?'

정호는 뒤늦게 알게 된 사실에 놀라며 두 사람의 작업을 다시 눈여겨봤다.

오십 번째 작업쯤일까.

돌연 닉 리먼드와 신유나가 연주를 멈췄다.

'아니다……. 먼저 멈춘 건 유나야.'

정호의 생각대로였다.

사실은 신유나가 멈춘 것이었고 신유나의 연주에 맞추고 있던 닉 리먼드는 자연스럽게 신유나를 따라 멈춘 것뿐이었다.

신유나가 숨을 헐떡이며 말했다.

"헉헉헉……. 그만해요……. 헉헉……."

닉 리먼드도 숨을 헐떡이는 것은 마찬가지였다.

"헉헉……. 너무 재밌어서 멈추고 싶지 않았지만…… 확실히 이쯤하는 게 좋겠군요……."

두 사람은 아홉 시간 만에 처음으로 제대로 된 휴식을 취했다.

화장실을 가거나 물을 마시는 게 아니면 계속 연주만 했던 두 사람이었다.

'정말 대단하군⋯⋯.'

바닥에 털썩, 주저 앉은 신유나가 물을 마시며 말했다.

"이런 느낌이라니⋯⋯. 유현 오빠랑 가끔 이런 연주를 즐긴 적이 있는데 이 정도로 신이 났던 건 이번이 처음이에요⋯⋯."

신유나의 말을 듣고 정호가 상황을 파악할 수 있었다.

'그랬군⋯⋯. 어쩐지 유나가 익숙해하는 느낌이 들더라니 유현 씨랑도 이런 짓을 벌이곤 했군⋯⋯.'

정호가 생각에 빠진 사이 닉 리먼드가 신유나의 말에 대꾸했다.

"그랬군요⋯⋯! 어쩐지 초보 같지 않다는 생각이 들었습니다. 그나저나 유나 양과 호흡을 맞췄다는 그분에게 흥미가 생기는군요. 한유현 씨라면 밀키웨이의 타이틀곡을 전부 만들어준 그 작곡가 맞죠?"

신유나가 고개를 끄덕이며 말했다.

"맞아요. 정말 대단한 오빠죠."

닉 리먼드가 불끈, 주먹을 쥐며 말했다.

"오오, 승부욕이 생기는데요? 오 부장님, 한유현이라는 그 사람을 다음에는 꼭 미국으로 데려와주세요. 같이 작업을 해보고 싶네요."

얼떨결에 세계 최고의 싱어송라이터에게 다음 만남까지 약속받은 정호가 대답했다.

"그렇게 하죠."

정호의 대답에 닉 리먼드가 고개를 끄덕였다.

그러더니 다시 신유나를 바라보며 말했다.

그 표정이 사뭇 진지한 게 중요한 얘기 같았다.

"그나저나 유나 양?"

"네?"

"이 많은 곡 중에 어떤 곡을 우리 곡으로 쓸까요?"

예상치 못한 문제가 남아 있었다.

매니지 먼트 제왕

9장. 성공, 그리고 예견된 성공?

닉 리먼드의 질문에 신유나는 잠깐 고민하는 듯하더니 이렇게 대답했다.

"이십칠, 삼십구."

정호는 신유나가 무슨 소리를 하는지 몰라 가만히 서 있었지만 닉 리먼드는 고개를 끄덕이며 입을 열었다.

"확실히 이십칠은 좋았어요. 유나 양이 만든 기타 코드가 정말 끝내줬죠."

닉 리먼드의 말을 듣고 나서야 정호는 신유나의 말이 무엇을 뜻하는 것인지 알 수 있었다.

'유나는 9시간 동안 만들었던 곡을 전부 기억하고 있는 건가? 아니겠지……. 그건 아닐 거야…….'

정호가 딴생각을 하는 동안 닉 리먼드가 계속 말했다.

"하지만 삼십구보다는 사십육이 더 좋지 않았나요?"

닉 리먼드의 말을 신유나가 받았다.

"역시나 닉은 드럼을 화려하게 하는 쪽을 선호하는군 요."

신유나의 말에 닉 리먼드가 빙그레 웃었다.

"저를 잘 아시네요."

"닉의 팬이니까요. 좋아요, 저도 사십육이 나쁘지 않았 어요."

"그럼 최종적으로 녹음된 이십칠과 사십육를 확인해 보 죠."

닉 리먼드가 한쪽 벽을 차지하고 있던 기계를 조작했 다.

잠시 후, 음악이 흘러나왔고 음악을 듣고 나서야 정호는 두 사람이 말하는 이십칠이 무슨 곡인지 알 수 있었다.

'서정적이면서도 감미로운 곡이었지. 호흡 조절이 잘되 어 있달까?'

그렇게 이십칠이 끝나고 곧이어 사십육이 재생됐다.

'이쪽은 확실히 화려해. 특히나 드럼이 거의 솔로 수준 으로 활약하는 느낌이야. 드럼에 따라서 전체적으로 다른 악기들도 빨라지고 있고.'

이십칠과 사십육을 모두 듣고 닉 리먼드와 신유나가 마 음에 드는 듯 흐뭇한 미소를 지었다.

두 사람은 만족해하는 서로의 표정을 확인했고 표정을 확인한 뒤 닉 리먼드가 먼저 입을 열었다.

"가사를 쓰고 곡을 믹싱해야 하는 등의 여러 작업이 남았지만 그건 내일 하도록 하죠."

"네, 오늘은 그만 쉬는 걸로 해요."

"지금 이 시간에 마땅히 쉴 곳도 찾을 수 없을 테니 쉬고 가도록 하세요. 오두막에서 재우지는 않을게요."

닉의 농담을 정호가 받아쳤다.

"그거 다행이군요."

"네, 준이 여러분을 아늑한 침실로 안내할 겁니다."

세 사람은 자연스럽게 오두막 밖으로 나왔다.

그때 갑자기 닉이 정호를 불렀다.

"아, 오 부장님."

"네?"

"그 녀석은 어떤가요? 잘될 것 같나요?"

닉이 손가락으로 가리키는 것은 정호의 손에 들려 있는 고성능 캠코더였다.

한국으로 날아온 청월의 법무팀 편으로 부탁해 받은 녀석이었다.

정호가 닉의 물음에 대답했다.

"물론입니다. 아주 잘 찍혔어요."

정호와 신유나는 간단한 저녁 식사 후 집사 준의 도움을 받아 각자의 방으로 안내를 받았다.

씻고 돌아온 정호는 책상에 올려두었던 캠코더를 확인했다.

'어디 한번 확인해 볼까? 잘 찍혔겠지?'

정호가 단순히 멍을 때리거나 신유나를 감시하기 위해서 작업실에 있었던 것은 아니었다.

솔직히 정호는 닉 리먼드와 신유나의 작업을 바로 옆에서 참관할 필요가 없었다.

오히려 정호가 참관하지 않는 쪽이 두 아티스트에게는 더 도움이 되는 일이었다.

계속 같이 움직이던 제이미 존슨이 본사로 돌아간 것도 그런 까닭이었다.

하지만 정호는 닉 리먼드와 신유나의 양해를 구해 작업에 참관했다.

신유나는 정호가 옆에 있어 준다면 언제나 좋은 일이었기 때문에 거절할 이유가 없었고 닉 리먼드도 흔쾌히 정호의 제안을 받아들였다.

"딱히 어려운 일도 아니죠. 옆에서 비트박스만 하지 않는다면요. 그런데 무슨 일 때문에 작업에 참관하고 싶은 건가요?"

닉의 물음에 정호는 손에 들고 있던 캠코더를 들어 올려 보이며 말했다.

"여러분들의 작업 과정을 담아 홍보 영상을 만들고 싶어서요. 괜찮을까요?"

"아아, 그거 좋은 아이디어네요! 좋습니다. 그럼 제 것도 만들어 주세요. 그렇다면 작업 참관을 허락하죠."

"이미 허락하셨는데요?"

"음…… 무르고 다시 허락하면 안 될까요?"

오전의 기억에서 빠져나온 정호가 캠코더를 조작하여 영상을 확인했다.

영상은 괜찮았다.

전문가가 아니었기 때문에 구도 같은 것이 부분, 부분 아쉬웠지만 전체적으로 나쁘지 않은 수준이었다.

'이 정도면 편집으로 어느 정도 커버가 가능할 거야.'

정호가 생각하며 캠코더에 이어폰을 꽂아 녹음 상태도 확인했다.

아쉽게도 음질은 좋은 편이 아니었다.

직접 작업에 참가했던 정호였기에 캠코더에서부터 흘러나오는 음질의 수준이 상대적으로 더 안 좋게 느껴졌다.

'음질은 닉 리먼드의 도움을 받아야겠다. 닉 리먼드는 음악만이 아니라 작업 전체의 소리를 녹음하고 있었으니깐 분명 도움을 받을 수 있을 거야.'

정호는 작업이 순조롭게 마지막을 향해 가고 있다는 생각을 했다.

'그럼 정말 마지막까지 최선을 다해서 달려볼까?'

◇ ◆ ◇

모든 곡 작업이 완료됐다.

이십칠이라고 불리던 곡은 'Mr. Rain'이라는 제목을 가지게 됐고 사십육이라고 불리던 곡은 'Fast Rain'이라는 제목을 가지게 됐다.

정호와 제이미 존슨이 완성된 곡을 확인했다.

먼저 곡을 확인한 제이미 존슨이 말했다.

"유나 양, 정말 엄청나네요! 정말 좋습니다. 뭔가…… 느낌이 확실히 와요."

닉 리먼드가 옆에서 투덜거렸다.

"이봐, 바로 옆에 공동 작업을 한 사람이 있거든? 나한테도 좀 신경 좀 써줄래?"

"너도 수고했다."

"그게 다야?"

"음…… 정산 잘 받아서 이번에는 월세 안 밀리게 해줄게."

"됐거든. 하나도 안 기뻐."

이어서 곡을 전부 확인한 정호가 말했다.

"굉장하군요……. 믹싱에 가사까지 덧붙이고 나니 확실히 느낌이 다채롭네요."

정호의 말을 닉 리먼드가 받았다.

"물론이죠. 누가 만든 곡인데."

제이미 존슨이 잽싸게 끼어들었다.

"그럼, 그럼. 우리 유나 양이 고생 많았지."

닉 리먼드가 슬쩍 제이미 존슨을 째려보고 정호를 향해 입을 열었다.

"그나저나 이 홍보 영상도 엄청나군요. 청월 측에서 대단한 영상 편집자를 초빙한 모양이에요."

정호와 제이미 존슨이 곡을 확인하는 동안 닉 리먼드와 신유나는 홍보 영상을 살펴봤다.

정호가 생각했다.

'닉 리먼드가 놀라는 게 이상하지 않을 정도로 훌륭한 퀄리티이긴 하지.'

정호는 9시간짜리 영상과 녹음 파일을 청월의 홍보팀에 보냈고, 홍보팀은 기획팀과 협업하여 홍보 영상을 제작했다.

세계적인 싱어송라이터와 함께한 작업이다 보니 회사 차원에서 이전보다 공을 들일 수밖에 없었다.

청월과 꾸준히 교류를 이어온 영상 편집자들을 비롯하여 실력 좋기로 이름난 영상 편집자들을 수소문하여 의뢰를 맡겼다.

그런 후 협의 끝에 가장 훌륭한 홍보 영상을 선별한 것이 바로 닉 리먼드와 신유나가 확인한 홍보 영상이었다.

여길 오기 전 일렉트로닉 레코드 직원들과 먼저 영상을 받아서 확인한 제이미 존슨이 말했다.

"한국 사람들이 이런 부분에서 최고라는 얘기는 들었지만 저로서도 이 정도일지는 전혀 몰랐습니다. 아마 저 홍보 영상은 두 사람의 곡에 날개를 달아줄 거예요."

닉 리먼드가 동의를 한다는 듯 고개를 끄덕이며 말했다.

그 정도로 훌륭한 영상이었다.

"그럼 이제 축하 파티만 남은 건가요? 유나 양, 파티 어때요?"

"저야 좋죠."

신유나의 대답을 듣고 닉 리먼드가 울상을 지으며 말했다.

"그럼 돈 좀 빌려주실 수 있어요? 파티를 열어야 하는데 제가 요즘 궁핍해서…… 악덕 회사랑 일을 하는 중이거든요."

옆에 있던 제이미 존슨이 당황하며 입을 열었다.

"야야, 닉. 알았어. 내가 잘못했다고."

"그렇다면 어서 말해봐."

"뭐라고?"

"내가 최고라고."

제이미 존슨이 마지못하다는 듯 자신의 이마를 부여잡으며 대꾸했다.

"그래, 네가 최고야. 세계 최고 중에 최고."

닉 리먼드가 허리에 손을 올리며 의기양양한 목소리로 말했다.

"좋아. 아주 만족스러워."

◇ ◆ ◇

유니버스의 공식 팬 카페는 최근 불만으로 도배가 되어 있었다.

그럴 수밖에 없는 게 얼마 전 임박했던 신유나의 솔로 앨범의 발매가 갑자기 미뤄졌기 때문이었다.

[아 진짜…… 소식 알고 계신 분 없나요?ㅠㅠㅠ]

[유나찡 보고 싶다아아아! 어째서 티비에도 나오지 않는 거냐, 퍼피야아아아!]

[소속사랑 재계약 문제로 실랑이를 벌인다는 소문이 있던데ㅋㅋㅋㅋ]

[ㄴㄴ소속사랑 두 달 전에 재계약했다고 기사 떴음ㅇㅇ]

[그럼 계약 문제는 아니고…… 진짜 도대체 뭐지?ㅠ]

[청월 관계자인 제 지인이 말하길 유나 미국 갔답니다!]

[미국이요? 정말?]

[ㅋㅋㅋㅋㅋ미국은 왜요? 강여운이랑 친하다더니 응원이라도 하러 갔나?ㅋㅋㅋㅋㅋ]

[오오! 미국이라면 곡 작업하러 간 거 아닐까요? 근데 왜 유나만?]

[곡 작업은 무슨…… 유나가 솔직히 그 정도 급은 아니지 않나요?]

[아닙니다ㅎㅎ 우리 퍼피는 사랑입니다ㅎㅎㅎ]

[유나야! 내가 응원할게! 미국에서 꼭 잘 돌아와!]

[근데 미국 간 거랑 솔로 앨범 발매 늦어진 건 무슨 상관?]

[저도 그게 의문입니다……]

이런 댓글들이 오고가고 있을 때 누군가 기습 댓글을 달았다.

[유나랑 닉 리먼드가 공동 작업을 했다는 영상이 떴습니다! https://www.youtubo.com/watch?v……]

[오오!]

[헐…… 대박!]

이 댓글이 끝이 아니었다.

여러 댓글이 다양한 커뮤니티에 달렸고 금세 신유나와 닉 리먼드의 홍보 영상은 입소문을 탔다.

그리고 조회수가 빠르게 상승했다.

몇 시간 후, 신유나와 닉 리먼드는 각각 실시간 검색어 순위의 1, 2위를 차지했다.

정호가 사람들의 반응을 살피며 생각했다.

'우선 한국에서의 일은 잘 풀릴 것 같군. 유나의 솔로 앨범에 대한 기대감이 이전보다 높아지고 있다.'

고민 끝에 정호는 기존에 발매하려던 신유나의 솔로 앨범에 닉 리먼드와 공동 작업한 곡을 넣기로 했다.

히튼 트랙 형식으로 곡을 추가하는 방식이었다.

'따로 앨범을 내거나 곡 하나만 내는 것도 가능하지만 시기상으로도 맞지 않고 위험성도 크다.'

닉 리먼드와 공동 작업한 곡이 굉장히 좋다는 건 알지만 앨범을 연달아 내는 것은 질타와 비판의 여지를 남기는 것이었다.

신유나에게 굳이 그런 위험성을 안겨줄 필요는 없었다.

아시아의 정점에 오른 신유나로서는 리스크가 큰 공격적인 전략보다는 현 상태를 꾸준히 유지시킬 수 있는 방어적인 전략이 더 유용했다.

'적어도 홍보의 효과만은 가져가는 것, 그게 더 중요하다. 물론 음원이 잘되면 더 좋겠지만.'

그런 이유로 정호는 방어적인 형태로 '아시아용 홍보 영상'을 유터보에 공개했다.

전략의 효과는 한 달 후, 엄청난 음원 성적으로 돌아왔다.

일종의 성적표라고 할 수 있는 기획팀의 예상 매출표를 확인하며 정호가 경악했다.

'이 정도라고……?'

닉 리먼드와 함께 작업한 'Mr. Rain'은 물론이고 이번 앨범의 타이틀곡 '금요일, 오늘 만나요'부터 큰 기대가 없었던 앨범의 다른 곡들까지 이번 앨범의 모든 곡이 웬만한 1위 곡 못지않은 음원 판매 수익을 기록하고 있었다.

그뿐만이 아니었다.

심지어 'Mr. Rain'은 보통의 1위 곡의 세 배에 달하는 수익을 내는 중이었다.

'놀라워…… 이게 시너지 효과라는 건가……?'

정호의 생각대로였다.

신유나 개인의 파급력, 닉 리먼드라는 이름값, 걸작이라고 할 수 있는 훌륭한 곡, 작업 과정이 담긴 홍보 영상 등 수많은 효과들이 얽히고설켜서 지금의 효과를 내고 있는 것이었다.

절로 웃음이 나왔다.

웃음밖에 나오지 않는, 그런 상황이었다.

때마침 정 이사로부터 전화가 걸려왔다.

"야…… 이거 말이 되냐?"

"매출표 보고 계십니까?"

"어…… 지금 나 충격받았다……."

"저는 지금 입이 찢어져라 웃고 있습니다."

정호는 미소를 지으며 달력을 확인했다.

'이거 왠지 미국의 일이 기대되는데……?'

닉 리먼드의 앨범 발매일이 정확히 일주일 남은 시점이었다.

전 세계에 신유나의 이름이 알려지기까지 남은 시간도 딱 그 정도였다.

10장. 생각 이상의 인기는 곧 부담감이 되고

한 달이 지났다.

정호와 신유나는 다시 미국으로 향했다.

"선글라스랑 마스크 잘 착용해. 이번에는 어떨지 몰라."

"알겠어요."

미국에 도착하기 전 비행기 위에서 정호는 옆자리에 앉은 신유나에게 신신당부를 했다.

지난번과는 사뭇 다른 행보였다.

그럴 수밖에 없었다.

미국에서 신유나를 바라보는 눈빛 자체가 달라졌기 때문이었다.

저번 방문에서 신유나가 수많은 보통 사람 중에 한 사람으로 미국에 입국을 했다면 이번에는 달랐다.

닉 리먼드와 함께 작업한 곡이 빌보드 차트를 강타하며 미국에서 신유나를 모르는 사람이 거의 없었다.

'모르는 사람이 없을 거라고 제이미 존슨이 말했지. 거짓말은 아닐 거다. 거짓말을 할 사람이 아니니깐. 한국 언론도 연일 유나의 인기가 엄청나다고 보도를 하고 있고.'

정호가 생각에 빠진 사이 비행기가 공항에 도착했다.

정호와 신유나가 입국장을 향해 걸어가자 제이미 존슨이 검은 정장의 사내들과 함께 다가왔다.

"휴…… 보통 미국에서는 이런 일이 잘 없는데 미국의 음악 팬들이 한국의 문화를 배운 모양입니다. 기자들까지 난리예요. 밖에 사람들이 쫙 깔렸다고요."

제이미 존슨의 말에 정호가 살짝 놀랐다.

'혹시나 했는데 정말 공항에 사람들이 몰렸다고……?'

정호의 생각을 읽은 것처럼 제이미 존슨이 말했다.

"이미 기사가 몇 개 올라왔는데 미국에서도 초유의 사태니 어쩌니 하면서 난리를 피우고 있습니다. 예전에도 이런 일이 없었던 것은 아니지만 미국의 언론도 놀란 것 같아요. 유나 양, 괜찮아요? 괜찮겠어요?"

신유나도 조금 놀란 듯했지만 금세 정신을 차린 듯 보였다.

밀키웨이의 아시아 투어 때도 비슷한 상황을 여러 번 겪은 바가 있기 때문에 가능한 일이었다.

신유나가 대답했다.

"저는 괜찮아요."

신유나가 괜찮다는 걸 표정으로 확인한 정호가 재차 대답했다.

"저희는 정말 괜찮습니다. 그나저나 다른 길로 나갈 방법은 없습니까?"

정호의 질문에 제이미 존슨이 고개를 저었다.

"이 공항에 그런 방법은 없습니다. 다만 회사 차원에서 고용한 경호원들이 유나 양의 신변을 확실히 지켜줄 겁니다. 미리 경호원들을 대동해서 나갈 길도 확보해 놨고요."

확실히 일렉트로닉 레코드는 만만찮은 회사였다.

다양한 국가에서 다양한 일을 겪어본 탓에 일 처리 능력이 남달랐다.

'좋아. 이 정도면 안심이다. 그럼 나가볼까?'

정호와 신유나가 입국장 문을 열고 나갔고 동시에 환호가 쏟아졌다.

두 번째 방문만에 신유나는 미국의 스타 중 한 사람이 되어 있었다.

사실 정호로서도 이 정도일 거라고는 예상하지 못했다.

상대는 다름 아닌 미국이었다.

아무리 닉 리먼드의 이름값이 크다고 하지만 작은 나라의 이름 모를 가수와 함께한 작업이 이 정도의 반향을 불러일으킬 거라고는 미리 예측하거나 상상할 수 없었다.

하지만 그게 가능했다.

모든 과정이 정호의 생각 이상이었다.

처음에는 정호의 계획대로였다.

일렉트로닉 레코드는 정호와 협의한 대로 일주일 후, 닉 리먼드와 신유나의 작업 과정이 담긴 영상을 유터보에 공개했다.

홍보 영상은 한국에서 공개한 것과는 다른 편집 버전이었다.

미국을 포함한 세계 시장을 겨냥해 신유나보다는 닉 리먼드를 중점으로 편집한 홍보 영상이었다.

그래서 영상의 제목도 〈How Genius Nick (feat. Yuna)〉였다.

닉 리먼드가 보유한 팬들의 시청을 유도한 방식이라고 할 수 있었다.

그러면서도 중간중간 신유나의 모습을 삽입해 자연스럽게 신유나에 대한 관심을 갖도록 했다.

'뛰어난 영상 편집자를 고용했기에 가능한 일이었지.'

확실히 원하는 대로 영상을 만들어 내기 위해서는 섬세한 부분에서 어려움이 많았다.

하지만 청월의 기획팀과 홍보팀은 뛰어난 영상 편집자를 고용하여 이 부분을 해결하는 데 성공했다.

'황 팀장과 권 팀장님이 고생이 많으셨지……. 수백 번씩 영상 편집자들에게 수정 요청을 넣어야 했으니깐……. 수정안을 검토하는 것만으로도 며칠 밤을 샜을 거다…….'

이런 고생의 결과물일까.

유터보 조회수는 빠르게 상승했다.

조회수 분석을 해 보면 확실히 미주권 전역에서 반응이 뜨거웠다.

나아가 영국을 비롯한 유럽 지역에서도 반응이 오기 시작했다.

기록적인 조회수가 나오더라도 아시아권에 편중되어 있던 이전의 영상과는 확연히 다른 반응이었다.

신유나를 가리키며 누구냐고 묻는 댓글이 상당수 달렸다.

그런 댓글에는 신유나의 기존 팬들이 정성껏 신유나와 밀키웨이를 소개하는 대댓글을 달았다.

[오! 닉은 오늘도 엄청나군!]

[일렉트로닉 레코드는 좋겠어ㅋㅋㅋ 닉이 이렇게 계속 돈을 벌어다 주잖아ㅋㅋㅋ]

[그나저나 닉의 템포에 맞추는 저 여자는 누구지?]

[동양인?]

[엄청 예쁘다! 나도 알려줘! 저 여자의 이름!]

[얼굴만 예쁜 게 아니야! 닉의 템포에 맞춰서 저 정도의

재능을 뽐낸다고? 도대체 뭐지? 어떤 여자지?]

[저 여자는 밀키웨이의 신유나야!]

[밀키웨이? 신유나?]

[밀키웨이라면 아시아에서 난리가 난 그 걸 그룹이군. 나도 본 적이 있어. 태국에 가니깐 곳곳에 밀키웨이 사진들뿐이더라고.]

[나는 신유나의 오랜 팬인데 신유나는 꼭 주목할 만한 가수야. 이렇게 닉과 작업을 해서 무척이나 기뻐.]

[확실히 좋은 가수로 보이는군. 닉의 코드를 변주하는 장면은 몇 번을 봐도 충격적이야. 신유나의 다른 영상도 찾아봐야겠어.]

[신유나만이 아니라 밀키웨이 것도 찾아봐. 후회는 없을걸?]

덕분에 신유나의 솔로 앨범 〈눈부신 날〉 뮤직비디오 및 밀키웨이의 〈차일드〉 뮤직비디오가 연관 동영상으로 노출되면서 세계적으로 대단한 홍보 효과를 누렸다.

그리고 여기까지가 딱 바로 정호가 바랐던 이번 영상의 효과였다.

하지만 갑자기 일이 이상하게 돌아갔다.

유터보의 홍보 효과만으로도 정호로서는 만족할 만한 결과였는데 갑자기 정호의 상상을 초월하는 효과가 나타난 것이었다.

그것은 다름 아닌 영상이 공개된 얼마 후, 닉 리먼드가 〈멜렌 쇼〉에 출연한 일 때문이었다.

〈멜렌 쇼〉는 토요일 밤마다 미국의 방송사 QWE에서 방송하는 토크쇼였다.

쇼 호스트인 멜렌은 라임지에서 선정한 세계에서 영향력 있는 인물 100인 중 한 명에 오를 만큼 인기를 구가하고 있었으며 〈멜렌 쇼〉는 멜렌의 영향력이 그대로 드러나는 굉장한 쇼였다.

그런 토크 쇼에서 닉 리먼드가 신유나를 극찬했다.

자신이 만난 아티스트 중 다섯 손가락 안에 드는 재능을 가지고 있다고 닉 리먼드가 발언하자 멜렌도 꼭 한 번 신유나의 노래를 들어보겠다는 약속을 할 정도였다.

그리고 실제로 방송이 끝난 후 멜렌은 신유나의 솔로 곡 뮤직비디오 링크를 자신의 SNS에 공유했다.

이와 동시에 신유나의 위상이 달라지기 시작했다.

홍보 영상, 닉 리먼드의 극찬, 멜렌의 SNS 링크가 시너지 효과를 내며 신유나의 영상을 찾아보는 사람들이 순식간에 늘어났다.

뿐만 아니라 아시아 버전의 홍보 영상을 찾아보는 사람들이 생길 정도였으며, 여기서 그치지 않고 이 영상을 찾아본 사람들이 신유나의 앨범으로 공개된 〈Mr. Rain〉을 찾아서 듣기도 했다.

자연스럽게 〈Fast Rain〉은 빌보드 차트에 1위로 진입했다.

그 뒤를 〈Mr. Rain〉이 따랐다.

미국에서 벌어진 차트 줄 세우기였다.

그리고 신유나는 어느새 전 세계적으로 엄청난 인기를 구가하고 있었다.

◇ ◆ ◇

엄청난 인파를 뚫고 공항에서 빠져나온 다음 날은 공연이 있었다.

이른 아침 정호가 신유나의 방으로 갔다.

문에 대고 노크를 하자 벌컥, 문을 열고 신유나가 나왔다.

"좋은 아침이에요, 부장님."

정호가 고개를 끄덕이며 슬쩍 신유나의 컨디션을 확인했다.

신유나의 얼굴이 딱 보기에도 좋지 않았다.

"얼굴이 왜 그래?"

정호의 물음에 신유나가 바로 대답을 하지 않고 얼굴을 한참 비볐다.

그러고는 입을 열었다.

"너무 많이 자서 그런지 좀 부었어요."

"많이 자서 부은 얼굴이 아닌데……."

신유나는 이번에도 정호 말에 바로 대답하지 않았다.

안으로 들어가며 다른 얘길 했다.

"조식 때문에 오셨죠? 30분 후에 다시 와주실래요? 씻고 옷 좀 갈아입을게요."

정호는 고민하다가 고개를 끄덕이고 문을 닫았다.

"알겠어. 30분 후에 보자."

조식을 먹고 준비를 마친 뒤 공연장을 이동할 때도 마찬 가지였다.

신유나의 상태가 계속해서 좋지 않았다.

하지만 정호는 어째서 신유나가 이런 상태에 놓여 있는 지 이유를 알고 있었다.

정호의 입장에서는 얼굴에 너무나도 쓰여 있기 때문에 알 수밖에 없었다.

'부담을 느끼고 있는 모양이군.'

이해가 됐다.

신유나는 수만 명의 팬들이 모여 있는 무대에 서본 경험 이 있었지만, 그때는 혼자가 아니었다.

밀키웨이의 다른 멤버들이 함께 수만 명이 주는 부담감 을 나눠가졌다.

하지만 지금은 아니었다.

전 세계에서 모여든 팬들, 그것도 대중음악 산업의 중심 지라고 할 수 있는 미국에서 늘 믿고 따르던 동료들 없이 홀로 펼치는 공연이었다.

부담감이 다를 수밖에 없었다.

뿐만이 아니었다.

신유나를 향한 사람들의 기대감도 만만찮았다.

어쩌면 그 기대감 중에서 신유나가 과연 이런 인기를 가져도 되는가 평가를 해보겠다는 시선도 섞여 있을 것이 분명했다.

굳은 표정을 한 채 일렉트로닉 레코드에서 제공해준 차로 이동 중인 신유나의 얼굴을 힐끔 쳐다본 뒤 정호가 말했다.

"유나야, 지금 많이 긴장되니?"

차창 밖으로 저녁이 내려앉는 풍경이 지나쳐 갔다.

잠시 후, 신유나가 대답했다.

"……네."

정호는 빙그레 웃으며 말했다.

"그때 기억나지? 유나, 네가 복면가수왕에 산소인간포카리로 출연했을 때."

"네."

"그건 기억나니? 네가 말했잖아. 팀이 있는 건 나쁘지만은 않은 일이라고."

"네…… 그랬죠……."

"지금은 어때?"

신유나는 갑자기 서러움이 복받쳐 오른 것 같았다.

정호의 질문을 들은 신유나가 조금 흐느껴 울기 시작했다.

그러더니 말했다.

"보고 싶어요……. 언니들이 지금 너무나 보고 싶어요……. 언니들 없이 무대에 오르는 게 무서워요……."

정호가 가볍게 신유나를 앉으며 위로해줬다.

"그래……. 그렇게 차라리 우는 게 나아……. 그렇게 부담감을 가진다고 말하는 게 낫다고……. 네 옆에는 비록 같이 무대에 오르지는 못하지만 늘 너와 함께할 믿을 만한 동료들이 있잖아……."

정호의 말을 듣고 신유나의 울음소리는 더욱 커졌다.

아무리 경험이 많아도 신유나는 아직 신체상으로, 정신상으로 어린아이에 불과했다.

그러다 보니 갑작스럽게 찾아든 전 세계적인 인기가 부담스러울 수밖에 없었다.

정호가 자신의 스마트폰을 꺼내서 신유나에게 건넸다.

"전화해."

눈물을 흘리던 신유나가 정호의 말을 알아듣지 못하고 정호를 가만히 올려다봤다.

"전화하라고. 멤버들에게. 그리고 직접 위로를 받아. 너는 혼자가 아니잖아."

신유나는 그제야 고개를 끄덕이며 한국으로 전화를 걸기 시작했다.

그리고 지구 반대편에서 전화를 받았다.

"어? 유나다! 언니들, 유나한테 전화가 왔어요."

하수아가 이미 자신이 전화를 받은 줄도 모르고 호들갑을 떨었다.

유미지도 마찬가지였다.

"유나한테 전화가 왔다고? 오오! 어서 받아봐. 공연 전이라서 전화를 건 모양이야."

어쩐 일인지 멤버들이 다 모여 있는 모양이었다.

오서연의 목소리도 들렸다.

"와썹, 퍼피!"

세 사람의 목소리를 들으며 정호는 서서히 밝아지는 신유나의 얼굴을 확인했다.

'괜찮아졌구나…….'

신유나가 전화기를 귀에 댄 채 한참 미소를 짓더니 약간 울음기가 남은 목소리로 말했다.

"언니들…… 보고 싶어요……."

두 시간 후.

신유나는 닉 리먼드와 함께 전 세계의 팬들 앞에서 첫 번째 공연을 선보였다.

공연은 대성공이었다.

오두막 연습실에서 정호가 목격했던 그 놀라운 광경이 정호의 눈앞에서 펼쳐졌다.

11장. 인디밴드, 블루 도넛

신유나는 총 여덟 차례의 공연을 했고 무사히 마쳤다.

세 번은 미국에서의 공연이었고 나머지 다섯 번은 신유나 개인 최초의 아시아 투어였다.

모든 게 성공적인 무대였다.

성공적이라고 밖에는 할 수 없는 환호와 좌석 매진의 연속이었다.

마지막 공연을 마치고 태국에서 돌아오는 비행기에서 정호가 신유나에게 말했다.

"유나야, 수고 많았어."

신유나가 감회에 젖은 얼굴로 고개를 끄덕이며 대꾸했다.

"고마워요, 부장님."

이와 함께 이번 솔로 앨범 〈금요일, 오늘 만나요〉의 활동
도 종료됐다.

신유나는 3주간 휴식기를 갖기로 했다.

◇ ◆ ◇

자연스럽게 정호에게는 여유가 생겼다.

여전히 처리할 문제는 많았다.

하지만 곽진모, 서수영, 양지태가 잘해내고 있는 덕분에
계속 한쪽에만 매달릴 필요는 없었다.

'유나와 서연이는 휴식기, 미지는 언제나처럼 뮤지컬,
수아는 나 피디의 새로운 예능에 들어가서 활약 중, 해른이
는 〈더 트리플〉의 출연 예정. 뭐 이렇게인가?'

〈더 트리플〉은 황태준의 영화 제작사인 뉴 아트 필름에
서 이번에 새로 제작하는 영화였다.

한 도시에서 연속적으로 발생하는 의문의 살인 사건을
쫓는, 어느 여 형사의 이야기를 다룬 스릴러 영화였다.

'이번에도 연출은 광 감독. 하지만 엄청난 흥행 기록을
남기는 영화는 아니다. 아마 흥행 수준은 중상 정도였지?
뭐 해른이한테 이런 경험도 필요하니깐……'

정호가 마음만 먹는다면 언제나 큰 성공만을 경험하게
할 수도 있었지만 정호는 그럴 생각이 없었다.

작은 실패를 경험해 봐야 오랜 시간 배우로 살아갈 수 있다는 게 정호의 생각이었다.

'〈더 트리플〉은 실패라기보다는 성공에 가까운 영화이긴 하지만 어쨌든 〈더 블랙〉 때와는 체감이 조금 다르겠지. 분명 깨우치는 바가 있을 거다.'

특히 이번에 〈더 트리플〉의 출연을 결정한 것은 지해른이었다.

워낙 연기에 대한 욕심이 많은 지해른은 들어오는 모든 대본의 검토를 원했고 정호는 그런 지해른의 행동을 막지 않았다.

눈을 틔워 주기 위해서 그것보다 좋은 방법은 없다고 생각했기 때문이었다.

그런 와중 지해른의 눈에 〈더 트리플〉이 들어왔고 정호에게 〈더 트리플〉 출연을 강력하게 요구했다.

부장실로 지해른이 찾아왔다.

"부장님, 이거 제가 출연해도 될까요?"

"그게 뭔데?"

"〈더 트리플〉이요."

〈더 트리플〉의 흥행 수준을 떠올리며 정호가 물었다.

"음…… 정말 꼭 하고 싶니?"

"네."

"좋아. 내가 태준이한테 연락해 볼게."

그길로 정호는 바로 황태준에게 전화를 걸었고 출연이

가능한지 물었다.

황태준의 대답은 무조건 오케이였다.

황태준 입장에서는 거절할 이유가 없었다.

〈더 블랙〉으로 일약 스타덤에 오른 지해른이었고 대본을 보낸 것 자체가 캐스팅을 원했기 때문이었다.

황태준과의 얘기가 끝나고 정호는 지해른의 담당 매니저 양지태에게 연락을 넣었다.

"지태야."

"네, 부장님."

"해른이 오늘부터 〈더 트리플〉 연습시켜."

"오! 드디어 신작 들어가나요?"

"그래."

그렇게 지해른의 〈더 트리플〉 합류가 결정됐다.

이외의 다른 부분에서는 별문제 없었다.

총괄매니지먼트부 3팀은 연일 승승장구 중이었다.

특히 타이탄은 2집 앨범 발매 후 진행한 아시아 투어에서 호성적을 거두며 팬층을 공고히 했다.

'타이탄의 성적이 생각보다 좋군. 벌어오는 액수도 엄청나. 괜히 보이 그룹을 키우려고 그 난리를 치는 게 아니라니깐.'

확실히 평균적으로 걸 그룹보다 보이 그룹의 수입이 큰 것이 사실이었다.

팬 사인회로 예를 들면 걸 그룹의 팬 사인회를 안정적으로 참석하는 데 필요한 앨범의 수가 평균 2~30장이라면 보이 그룹은 그 두 배에 육박하는 4~50장이 필요했다.

쉽게 말하자면 팬 사인회에 참석하는 데 구입해야 하는 앨범의 수가 걸 그룹은 2~30장, 보이 그룹은 4~50장이라는 뜻이었다.

'어쩔 수 없지…… 구매력은 둘째 치고 절대적인 팬의 숫자 자체가 다르니……'

물론 밀키웨이는 보통의 통계를 초월하는 레벨이었다.

평균의 보이 그룹 수준에 도달한 타이탄의 수익에 다시 두 배를 곱해야만 밀키웨이의 수익을 논할 수 있었다.

'그래도 타이탄이 총괄매니지먼트부 3팀의 실적을 높이는 데 기여를 하고 있음은 부정할 수 없다. 적어도 지금의 인기를 유지할 수 있게 해야 해.'

어쨌든 결론적으로 정호는 이전보다 여유가 생긴 상태였다.

그러다 보니 오랜만에 취미 활동도 할 수 있었다.

정호의 취미 활동은 다름 아닌 현장 조사였다.

◇ ◆ ◇

　사실 원래 정호의 현장 조사는 취미 활동이 아닌 일이었다.

　총괄매니지먼트부 3팀의 배우 부분에 모자람을 느끼고 캐스팅을 위해 현장 조사를 다니던 게 어느새 익숙해졌을 뿐이었다.

　정호가 생각했다.

　'미국에 있을 때도 왠지 이렇게 혼자 걷고 싶었지⋯⋯.'

　현장 조사는 이전 시간에서는 없던 취미였다.

　그때는 성공을 위해서 급박하게 달렸기 때문에 현장 조사처럼 다소 비효율적인 일은 하지 않았다.

　새로운 연예인이 필요하면 다른 회사의 좋은 연예인을 빼앗듯이 데려왔고 현장의 정보가 필요하면 아랫사람을 쪼아서 정보를 정리해 오도록 했다.

　그게 정호의 방식이었고 정호의 삶이었다.

　하지만 지금은 달랐다.

　'이전보다 마음의 여유가 있다고 해야 할까⋯⋯.'

　몸은 이전과 별다를 바 없이 바빴다.

　오히려 더 바쁘다고 해야 옳을 정도였다.

　하지만 마음만큼은 달랐다.

　훨씬 여유가 있었고 훨씬 먼 곳을 장기적인 관점에서 바라볼 수 있었다.

　'이런 게 연륜인가⋯⋯.'

정호가 자신의 실제 나이를 꼽으며 홍대로 향했다.

정호는 유료 주차장에 차를 대놓고 홍대의 밤거리를 천천히 거닐었다.

일찍 나온다는 게 이것저것 일을 처리하다 보니 벌써 이 시간이었다.

서류를 결재하는 일만 해도 시간을 많이 잡아먹히니 어쩔 수 없었다.

'어딜 가볼까……?'

손을 꼭 잡고 서로에게 사랑을 속삭이는 커플들.

술에 취해 비틀거리는 젊은이들.

각자의 개성을 드러낸 패션으로 사람들에게 자신의 매력을 어필하는 사람들.

주변으로 이런 익숙한 풍경들이 지나갔다.

커피 한 잔을 손에 든 채 그렇게 정처 없이 홍대 거리를 걷고 있을 때 포스터 하나가 눈에 띄었다.

'밴드 콜라보레이션 공연……? 응……?'

포스터에는 총 열 팀의 밴드 사진이 흑백으로 프린트되어 있었는데 그중 한 밴드의 모습이 익숙했다.

'설마…… 블루 도넛……?'

포스터에 블루 도넛의 이름이 있는지 확인했지만 확인할 수 없었다.

공연의 대표 밴드 이름만이 크게 프린트되어 있었고

나머지 밴드의 이름은 찢겨져 나갔는지 보이지 않았다.

정호는 재빠르게 포스터의 적힌 날짜와 시간을 확인했다.

날짜는 오늘이었고 시간은 한 시간 뒤였다.

'허…… 하필이면……. 오랜만에 쉬려고 하는데 이런 우연이라니……. 쉬기는 그른 걸까…….'

썩 달갑지 않은 상황이었다.

못 본 척하고 싶었지만 그럴 수 없었다.

쉬고자 하는 마음을 일하고자 하는 마음이 이겨버렸기 때문이었다.

정호는 휴, 하고 한숨을 쉰 뒤 생각했다.

'확인해 보자……. 블루 도넛이라면 이건 예기치 않은 대단한 기회다…….'

벽에서 뜯어낸 포스터를 손에 든 채 정호는 서둘러 움직였다.

그렇게 정호는 쉬지 못하고 또 일을 하고 있었다.

홍대 어느 지하에 위치한 소규모 공연장.

정호는 그곳에서 어느 밴드의 공연을 보며 속으로 중얼거렸다.

'내가 일복을 타고 나긴 했나 보군…….'

정호의 예상대로였다.

정호는 눈앞에서 공연을 펼치고 있는 밴드는 다름 아닌 블루 도넛이었다.

'근데 블루 도넛이 어째서 여기에⋯⋯.'

처음에는 여러모로 의아했다.

블루 도넛이 공연을 하는데 줄을 서서 기다리는 사람이 없는 것도 이상했고 같이 공연을 하는 밴드의 수준도 살펴볼수록 기대 이하였다.

전체적으로 아방가르드와 일렉트로닉을 조잡하게 섞은 밴드들이나 올드한 감수성을 집요하게 자극하는 밴드들뿐이었다.

그래서 정호는 자신이 잘못 본 줄 알았다.

블루 도넛을 닮은 다른 밴드를 보고 착각한 것이라고.

하지만 아니었다.

'지금 이렇게 내 눈앞에서 블루 도넛이 공연을 하고 있으니깐⋯⋯.'

확실히 블루 도넛이었다.

과하지 않은 세련미와 감수성을 처리하는 센스가 엿보이는 바로 그 블루 도넛.

'노래도 좋고 밴드 멤버의 구성도 내가 기억하는 그대로다. 근데 어째서⋯⋯.'

자꾸 이런 의문이 들었지만 정호는 고개를 저었다.

'그게 중요한 게 아니지. 반드시 영입한다. 지금의 사정이야 어떻든 블루 도넛은 언젠가 대한민국 최고의 밴드가

될 테니깐!'

정호는 다짐을 하며 블루 도넛의 공연이 끝나자마자 블루 도넛에 대기실을 찾아갔다.

누군가 정호를 제지했지만 정호가 명함을 보여주자 뒤로 물러났다.

스킨헤드 사내가 물러서며 말했다.

"저희 레드 스페이스 형들 캐스팅하러 오신 거예요? 아아 근데 이거 어쩌지? 저희 형들은 인디 정신이 굉장한 분들이라서 이런 거 싫어하거든요."

"그래요? 근데 전 상관없어요. 제가 보고 싶은 건 블루 도넛이거든요."

"네? 블루 도넛이요?"

스킨헤드 사내의 반응이 조금 이상하긴 했지만 정호는 아랑곳하지 않고 대기실로 들어갔다.

그리고 블루 도넛의 이름이 있는 대기실을 찾았다.

웅성웅성.

대기실은 문 앞에서부터 엄청난 소음이 느껴졌다.

단독 대기실이 아니라서 그런 모양이었다.

◇ ◆ ◇

정호가 똑똑, 노크와 함께 대기실 문을 열자 대기실이 고요해졌다.

블루 도넛 이전에 난해한 공연을 선보였던 밴드들이 한 자리에 옹기종기 모여 있었다.

잠시간의 정적을 깨고 그중 긴 머리를 빨갛게 염색한 남자가 정호에게 물었다.

"누구시죠?"

정호가 정중하게 인사했다.

"안녕하세요, 청월 엔터테인먼트의 오정호 부장이라고 합니다."

정호의 말을 듣고 밴드들이 다시 웅성거렸다.

"청월? 설마 밀키웨이의 그 청월?"

"대박. 우릴 캐스팅하러 온 건가?"

"형, 우리인가 봐요. 또 레드 스페이스를 캐스팅하려고 소속사에서 매니저를 보냈나 봐요."

"음…… 아무래도 그런 거 같지? 휴~ 이번에도 정중하게 거절해야겠다."

"에엑? 형, 다시 생각해 봐요. 청월이라니까요?"

"그래도 인디 정신을 버리고 대형 기획사와 계약을 할 수는 없어."

"형, 제발!"

정호는 주변의 웅성거림을 한 귀로 듣고 한 귀로 흘리며 블루 도넛을 한참 찾았다.

그리고 잠시 후 정호의 표정이 밝아졌다.

뒤쪽으로 방금 무대에서 내려와 자신들의 악기를 점검

하고 있는 블루 도넛이 보였다.

"거기 있었군요, 블루 도넛. 지금 시간 좀 내주실 수 있나요?"

웅성거리던 대기실이 다시 정적에 빠졌다.

아까와는 다른 느낌의 정적이었다.

아까는 '누구지?'에 가까운 정적이라면 이번에는 '도대체 왜?'라는 의문에 가까운 정적이었다.

정적을 뚫고 블루 도넛의 보컬이자 리더인 권채아가 입을 열었다.

"저, 저희요? 저흰 오늘 처음 공연한 밴드인데⋯⋯."

여기까지 오면서 정호가 가졌던 모든 의문들이 풀리는 순간이었다.

매니지먼트 제왕

매니지
먼트
제왕

12장. 생각보다 쉬운 계약

정호는 블루 도넛 멤버들과 함께 자리를 옮겼다.

하지만 막상 이동을 하려고 보니 근처에 조용히 얘기를 나눌 만한 카페가 없다는 생각이 들었다.

'아…… 거길 가볼까……?'

뭔가를 떠올린 정호가 블루 도넛의 리더인 권채아에게 물었다.

"이후에 다른 일정이 있으신가요?"

"저는 없어요."

정호의 시선이 뒤쪽으로 향했다.

"다른 분들은요?"

블루 도넛은 4인조 밴드였다.

밴드의 구성원은 보컬이자 리더인 권채아, 드러머 감동우, 기타리스트 천중완, 베이시스트 안소찬이었다.

권채아를 제외한 세 사람이 서로의 얼굴을 슬쩍 쳐다보더니 합창하듯 대답했다.

"저희도 없습니다."

정호가 빙그레 웃으며 대답했다.

"그럼 잘됐네요. 제가 얘기를 나누기 아주 적당한 곳을 알고 있습니다."

정호가 앞서서 걷기 시작했고 블루 도넛의 멤버들이 그 뒤를 따랐다.

정호의 발걸음이 멈춘 곳은 다름 아닌 한유현의 작업실이었다.

미리 정호의 전화를 받고 작업실 앞에서 기다리던 한유현이 정호 뒤에 서 있는 네 사람을 보며 물었다.

"음…… 혹시 저분들과 모두 함께 여길 들어오실 생각은 아니죠?"

"아뇨, 그럴 생각인데요?"

"어…… 잠시만 기다려주세요. 1층을 좀 치우겠습니다."

한유현이 서두르며 작업실 안으로 들어갔고 정호는 그 뒷모습을 지켜보다가 한유현의 작업실 외부를 찬찬히 살폈다.

한유현의 작업실은 그동안 많이 달라졌다.

그럴 수밖에 없는 것이 청월에 소속된 거의 모든 가수들의 타이틀곡을 작곡하는 사람이 한유현이다 보니 벌어들이는 음원 저작권료가 장난이 아니었다.

로또 한 방으로 적지 않은 돈을 움켜쥔 정호조차도 우위를 장담할 수 없을 정도의 수입을 얻는 중이었다.

그리고 그에 따라 한유현의 작업실도 발전을 거듭했다.

이리저리 움직이는 걸 좋아하지 않는 한유현은 정호가 사주었던 기존 작업실의 건물을 통째로 사들였고 현재 한유현은 작곡가에 이어서 건물주의 신분을 가지게 되었다.

'아마 4층이 유현 씨의 생활공간이었지······.'

한유현의 총 4층짜리 건물은 4층이 생활공간, 3층이 녹음실, 2층이 단체 작업실, 1층이 응접실, 반지하층이 개인 작업실로 쓰이고 있었다.

하지만 이건 편의상 나눠진 구분일 뿐이었고 한유현의 성격상 모든 공간이 거의 비슷하게 작업실로 쓰인다고 봐도 무방했다.

그런 까닭에 지금 한유현이 1층을 치우러 간 것이었고.

◇　◆　◇

잠시 후, 한유현이 나타나서 정호와 블루 도넛을 안내했다.

정호는 슬쩍, 한유현의 기분을 살폈다.

조금 난감해하는 것 같긴 하지만 딱히 불만이 있는 표정
이 아니었다.

정호를 은인으로 생각하는 한유현이었기 때문에 어찌 보
면 당연한 일이었다.

오히려 정호에게 뭔가를 주지 못해서 안달이 난 사람이
한유현이었다.

'그때는 퍽 난감했지…….'

정호가 가까운 과거의 일을 떠올렸다.

한 번은 워낙 물욕이 없어서 통장에 어떤 액수가 찍혀도
관심이 없던 한유현이 갑자기 전화를 걸어온 일이 있었다.

"네, 유현 씨."

"아이고~ 오 부장님."

다짜고짜 앓는 소리를 내는 한유현에게 무슨 일이 생긴
건가 싶어 정호가 다급히 물었다.

"무슨 일이에요? 무슨 일 있으세요?"

"아닙니다, 오 부장님. 다만 통장을 확인했더니……."

"네, 확인했더니?"

"너무 많은 액수가 찍혀 있어서 어찌할 바를 모르겠더라
고요……."

한유현의 말에 정호가 그제야 안심을 하며 하하하, 웃었다.

한유현다운 반응이었다.

"걱정 마세요. 통장에 찍혀 있는 돈은 전부 유현 씨 겁니
다. 모두 유현 씨가 일해서 정당하게 번 돈이에요."

"그야 그렇지만 이런 엄청난 액수가 어떻게……."

"전부 유현 씨 돈이라니까요. 그러니깐 하고 싶었는데 못 했던 거, 사고 싶었는데 못 샀던 거, 즐기고 싶었는데 그러지 못 했던 거, 마음껏 하도록 하세요. 안심하시고요."

정호가 이렇게 말하자 오랫동안 묵혀둔 서러움이 복받쳐 올랐는지 한유현이 살짝 흐느꼈다.

노숙자 시절이 떠오르는 모양이었다.

'유현 씨가 고생이 참 많았지…….'

정호가 이런 생각을 하고 있을 때 한참을 울먹이던 한유현이 말했다.

"……그럴 수 없습니다……."

"네? 그게 무슨……?"

"이 돈, 전부 오 부장님이 가져가십시오."

"네? 아니, 유현 씨……."

"저를 이렇게 만들어주신 제 은인이 오 부장님인데 어떻게 이 돈을 전부 혼자 가질 수 있겠습니까? 그러니 전부 오 부장님……."

"아니, 유현 씨. 그게 말이……."

결국 정호와 한유현은 음원 저작권료 문제로 한참이나 실랑이를 벌였다.

서로 돈을 갖지 않겠다고 거의 난리를 쳤다.

그리고 정호는 두 시간 만에 간신히 한유현을 설득시킬 수 있었다.

상념에서 빠져나온 정호가 한유현의 등에 대고 생각했다.

'쯧쯧. 사람이 저렇게 순해 빠져서야…….'

하지만 한유현의 이런 성격이 정호가 한유현을 신뢰하는 결정적인 이유이기도 했다.

'순해 빠지고 좋은 사람…….'

◇ ◆ ◇

카페처럼 꾸며진 1층 응접실에서 여섯 사람이 자리를 잡고 앉았다.

한유현이 정호에게 물었다.

"오 부장님, 커피 드시겠습니까?"

"저는 괜찮습니다."

"다른 분들은요?"

블루 도넛의 멤버들이 조심스럽게 각자 먹고 싶은 커피를 요청했다.

혹시나 가능할까 싶은 마음에 캐러멜 마키아토나 카페 모카 같은 메뉴를 조심스럽게 요청한 사람들도 있었지만 한유현은 문제없다는 듯 고개를 끄덕였다.

커피 마니아다운 태도였다.

조금 뒤, 고소하고 향긋한 커피 냄새가 1층 응접실을 가득 채우더니 한유현이 뚝딱 커피를 만들어가지고 나왔다.

그제야 비로소 정식으로 인사가 이어졌다.

정호가 먼저 사람 좋은 미소를 지으며 입을 열었다.

"커피 드시면서 들으세요. 다시 인사를 드리자면 저는 청월 엔터테인먼트의 오정호 부장입니다."

"안녕하세요, 권채아입니다."

"감동우입니다."

"천중완입니다."

"안소찬입니다."

정호가 고개를 끄덕였다.

그러고는 옆에 앉아서 조용히 케냐AA를 마시고 있는 한유현을 소개하기 위해 입을 열었다.

"그리고 이쪽은 저희 청월의 전담 작곡가로 활동하고 계시는 한유현 작곡가님입니다. 유현 씨, 이분들은 블루 도넛이라는 인디밴드를 하고 계시는 분들입니다."

"아아, 블루 도넛. 이름이 유니크하군요. 멋있습니다. 반가워요, 한유현입니다."

한유현의 인사가 끝나자마자 블루 도넛의 멤버들이 눈을 동그랗게 떴다.

그중에서도 이전의 시간에서 블루 도넛의 전곡을 작곡하기로 유명했던 베이시스트 안소찬이 가장 크게 놀라며 입을 열었다.

"저, 정말 한유현 님 맞으세요?"

안소찬의 질문에 한유현은 머리 위로 물음표를 띄우듯 대꾸했다.

"네, 그런데요?"

안소찬이 커피를 마시다 말고 벌떡 일어나서 말했다.

"존경합니다!"

그 모습을 보고 옆에서 같이 놀라고 있던 권채아가 민망하고 당혹스럽다는 듯 이마를 부여잡았다.

드러머 감동우 역시 당황했지만 그나마 차분하게 변명을 했다.

"소찬이가 사실 한유현 작곡가님의 굉장한 팬이거든요……."

괜히 같이 혼란스러워하던 한유현이 이내 미소를 지었다.

"아…… 그러셨군요……. 감사합니다."

옆에서 조용히 얘기를 듣고 있던 정호가 갑자기 큰 소리로 웃으며 한유현을 향해 입을 열었다.

혹시나 하는 마음에 이곳으로 데려왔는데 그게 통한 모양이었다.

"하하하, 그랬군요. 사실 유현 씨, 제가 이분들의 공연을 직접 눈으로 보고 무척이나 놀라서 이곳으로 모셔온 겁니다. 가능하면 우리 회사로 데려오고 싶어서요."

정호가 무슨 말을 하고 싶어 하는지 알아들은 한유현이 지원 사격을 했다.

"오호, 그랬습니까? 이거 운이 좋군요. 우리 회사에서 점쟁이 문어로 통하는 오 부장님이 직접 선택을 하셨다면 앞으로의 성공은 보장된 거나 다름이 없을 텐데요. 축하드립니다, 여러분."

결국 블루 도넛과의 계약은 생각보다 쉽게 진행됐다.

이전의 시간에서 블루 도넛은 굉장히 어려운 과정을 거쳐 소속사와 계약을 맺은 것으로 알려져 있었다.

블루 도넛이 계약을 맺은 것은 자신들의 음악으로 홍대를 휩쓴 지 2년 정도 지났을 때였다.

더 이상 홍대에서 자신들의 음악을 보여주는 것에 한계를 느낀 블루 도넛은 소속사를 찾기 시작했고 그 과정에서 한 소속사를 만나는데 그게 바로 코끼리팩토리였다.

'코끼리팩토리와 블루 도넛의 신경전이 엄청났다지?'

코끼리팩토리는 블루 도넛이 대단한 인기를 얻고 있지만 방송 무대에서도 성공을 거둘 거라는 확신을 가지지 못했다.

그래서 블루 도넛에게 받아들이기도, 거절하기도 어려운 수준으로 계약을 제의했다.

하지만 블루 도넛은 그 계약을 단칼에 거절했다.

그러고는 권채아는 이런 말을 남겼다.

"우리는 지금 홍대 인디밴드의 자존심입니다. 우리가 이 가격에 당신네들과 계약을 한다면 인디밴드 전체가 과소평가를 받고 소속사들의 손을 잡겠지요. 그렇기 때문에 이런 수준으로 계약을 할 순 없습니다."

결국 코끼리팩토리는 그대로 블루 도넛을 놓쳤고 블루 도넛은 이후 더 조건이 좋은 기획사와 계약을 하여 대한민국 가요계에 밴드 열풍을 불게 만들었다.

'특히 권채아는 여자 혁우라는 별명이 있을 정도로 굉장히 독특하면서도 세련된 음색으로 가요계 곳곳을 누볐지. 그런 권채아가 지금은……'

회사에 요청하여 한유현의 컴퓨터로 건네받은 계약서를 읽어 보지도 않고 사인을 하려 들고 있었다.

"여기에만 사인을 하면 되나요?"

그런 권채아를 정호가 막아섰다.

'당돌한 대사를 서슴없이 내뱉던 권채아는 여기에 없는 모양이군. 겨우 하루밖에 안 된 밴드이니 어쩔 수 없으려나.'

정호가 고개를 절레절레 저으며 권채아를 불러 세웠다.

"채아 양."

권채아가 펜을 든 채 대꾸했다.

"네?"

"그대로 사인해도 되나요? 계약서부터 읽어 봐야죠."

그제야 자신의 실수를 깨닫고 권채아가 계약서를 읽어 보기 시작했다.

블루 도넛의 다른 멤버들도 계약서 사본을 읽었다.

정호는 네 사람이 계약서를 다 읽어 볼 때까지 차분히 기다려줬다.

잠시 후, 계약서를 다 읽은 권채아가 조심스럽게 물었다.

"저기요, 부장님……."

"네, 말씀하세요. 채아 양."

"사실…… 읽어도 무슨 말인지 모르겠어요……."

혹시나 했는데 역시나였다.

정호가 속으로 심호흡을 하며 차근차근 계약서를 설명해주려고 할 때 기타리스트 천중완이 끼어들었다.

"업계 표준 계약서네요. 다만 몇 가지 추가하고 싶은 조항들이 있습니다."

정호가 안도감이 어린 미소를 지어 보이며 대답했다.

드디어 계약서를 제대로 볼 줄 아는 사람을 만난다는 것에 대한 기쁨이 담겨 있는 미소였다.

"말씀하세요. 어떤 조항이든 좋습니다."

"먼저 복지 부분에서 도움을 구했으면 좋겠습니다……."

삼십 분 후, 정호는 천중완과 함께 계약서를 최종적으로 수정했다.

권채아, 감동우, 안소찬이 와아아, 하고 박수를 쳤다.

하지만 천중완은 기묘한 표정으로 정호를 바라봤다.

그러더니 입을 열었다.

"정말 그 조항을 전부 허용해주실 겁니까?"

"물론입니다."

"아니…… 저희가 뭐라고……?"

계약서를 볼 줄 아는 사람이라면 당연히 나올 수밖에 없는 반응이었다.

숙소 제공부터 음악 활동 부분까지 블루 도넛의 어떤 부분도 구속하지 않고 강요하지도 않은 채 베풀기만 하고 있었으니깐.

"정말 이걸 다 해주실 겁니까? 숙소도 제공하고 생활비도 제공하고 수입도 일체 나누지 않으실 겁니까?"

듣고 보니 확실히 정호가 느끼기에도 너무나도 파격적인 조건이었다.

하지만 정호는 고개를 끄덕였다.

그러고는 말했다.

"네, 그럴 겁니다. 대신 두 가지 약속을 잊지 마세요. 하나, 블루 도넛은 1년간 단 하루도 쉬지 않고 홍대에서 공연을 한다. 둘, 블루 도넛은 계약 기간 동안 1년에 한 번 회사가 요구하는 공연을 한다."

블루 도넛은 모르고 있었다.

계약서에 정호의 큰 그림이 담겨 있다는 사실을.

13장. 다소 무모한

계약이 마무리되고 블루 도넛은 이사부터 했다.

물론 약간의 반발이 있었다.

아무리 굵직한 일을 연이어 성공시킨 정호라지만 윗선에서 이런 문제를 그냥 넘어갈 리가 없었다.

정 이사가 부장실로 내려와 다짜고짜 정호에게 물었다.

"너 확실한 거야?"

"뭐를요?"

"아니, 계약 말이야……. 아무리 해도 이건 좀 아니지 않냐? 물론 나랑 대표님 입장에서야 네가 한다고 하면 자다가도 떡이 나오겠구나, 하고 말리지 않겠지만 이건 솔직히 좀 무리인 거 같아서……."

확실히 가질 수 있을 만한 걱정이었다.

아무것도 아닌, 그것도 얼마 전에 무대 위에서 첫 공연을 가졌던 밴드와 계약을 맺는 일이었다.

아이돌 그룹도 아닌 밴드와.

오히려 걱정스럽지 않으면 이상할 정도의 상황이었다.

하지만 정호는 당당했다.

"자다가도 떡이 나오게 할 애들이에요. 절 믿고 따라와 주세요."

정호가 자신만만해하자 정 이사도 조금 안심이 되는 모양이었다.

정 이사가 되물으며 슬쩍, 농담을 던졌다.

"진짜야? 떡 케이크도?"

정호가 정 이사의 농담을 받아줬다.

"네, 떡 케이크도요."

블루 도넛의 숙소는 상수 쪽에 위치해 있었다.

원래 정호는 한유현의 작업실 옆 건물을 통째로 사고 싶었다.

그래서 그 부분을 윤 대표에게 요청했는데 윤 대표는 완곡히 요청을 거절했다.

"블루 도넛을? 음…… 차라리 숙소를 좋은 곳으로 하자. 망원까지는 빠지지 않게 해줄게."

정호로서도 더 이상의 요구는 무리라는 걸 알았다.

그런 까닭에 별말 없이 물러났다.

1년간 어떤 수익도 낼 수 없는 팀에게 숙소와 생활비를 제공하는 것만으로도 청월의 입장에서는 엄청난 지출이었다.

그저 정호의 감을 믿기 때문에 이런 계약을 허락한 것뿐이었다.

심지어 정기적으로 공연할 장소조차도 회사의 도움을 받아 처리한 상태였다.

발로 뛰어 공연 장소를 빌린 건 정호였지만 이와 관련된 금액을 지불한 건 엄연히 회사였다.

'어쩔 수 없다. 초짜 인디밴드인 블루 도넛을 정기적으로 공연에 세울 공연장은 어디에도 없으니깐.'

정호는 이런 생각을 하면서 짐을 옮겼다.

용달차에는 한가득 감동우, 안소찬, 천중완의 짐이 실려 있었다.

권채아는 공덕 쪽에서 부모님과 함께 사는 집이 있어서 굳이 숙소가 필요하지 않았다.

여자인 권채아의 숙소를 따로 구하려면 여러모로 힘이 들었을 텐데 그나마 다행스러운 부분이었다.

옆에서 같이 짐을 옮기던 드러머 감동우가 말했다.

블루 도넛의 멤버들 중에서 가장 어른스럽고 차분한 성격을 가진 감동우다운 얘기였다.

"부장님, 정말 감사합니다……. 아무것도 가진 것 없는 저희들을 이렇게 거둬주셔서……."

감동우의 말에 정호가 고개를 저었다.

"그런 부분에 마음 쓰지 마. 소속사로서 이런 건 당연히 해줘야 하는 거니깐."

"그래도……."

대화를 하던 감동우의 시선이 언덕 아래쪽으로 내려갔다.

아이스크림을 사러 갔던 안소찬이 언덕 아래쪽에서 천중완과 함께 걸어 올라오면서 손을 흔들었다.

그런 안소찬에게 감동우가 마주 손을 흔들어주며 말했다.

"저 친구들…… 저렇게 밝아 보이지만 사실 걱정이 많았어요……. 다들 지방에서 음악에 대한 열정 하나만 믿고 서울로 무작정 상경한 거거든요……. 무척 힘들었어요……. 살 곳도 생활비도 마땅치 않은 그런 삶의 연속이다 보니……."

정호도 알고 있는 얘기였다.

블루 도넛이 유명세를 떨치며 대중들에게도 자연스럽게 알려진 일화였으니 정호가 모를 리가 없었다.

예전부터 권채아와 알고 지냈던 감동우는 무작정 상경을 한 후 반 년간 권채아의 집에 얹혀살았다.

권채아의 부모님이 굉장히 상냥해서 늘 가족같이 대해줬다지만 감동우 입장에서는 불편하지 않을 수가 없었을 것이다.

그리고 동향 사람으로 지방에서 올라온 안소찬과 천중완은 아는 선배가 창고로 쓰던 지하방에서 살았다.

6개월 후부터 두 사람 모두 호흡기 질환을 달고 살았을 정도로 환경이 열악했다.

실제로 상대적으로 더 몸이 약한 안소찬은 호흡기 질환 문제로 여러 번 큰 공연을 펑크낸 적이 있을 만큼 이 과정에서 평생의 고질병을 얻기도 했다.

"우연히 소찬이, 중완이랑 술을 마시다가 블루 도넛이라는 밴드를 결성한 게 한 달 전의 일이에요. 채아가 느낌이 좋다고, 이번만큼은 4개월 안에 뭔가 해낼 것 같다고 했는데, 그게 사실이었네요. 이렇게 부장님을 만났으니까요."

정호가 가늠해본 바에 따르면 4개월 후, 실제로 블루 도넛은 홍대에서 유명세를 떨치기 시작한다.

그리고 다시 2개월이 지나면 블루 도넛은 망원동에 감동우, 안소찬, 천중완이 사용할 숙소를 얻게 된다.

정호는 단지 그 시기와 장소를 조금 더 앞당겨줬을 뿐이었다.

정호가 빙그레 웃으며 말했다.

"너무 고마워하지 마요. 고마움은 더 큰 일이 벌어지고 나서 느껴도 늦지 않아요."

두 사람이 용달차에 앉아 이런 얘기를 나누고 있을 때 세 사람의 숙소에서 바닥을 걸레로 훔치고 있던 권채아가 창문을 열고 소리쳤다.

"어쭈, 두 사람 놀아요?"

때마침 안소찬과 천중완도 언덕을 다 올라왔다.

천중완이 권채아의 얘길 들었는지 두 사람을 향해 말했다.

"뭐야? 두 사람만 농땡이 피우고 있었던 거예요?"

정호와 감동우는 난처해한 웃음을 지어 보였다.

안소찬은 그런 두 사람의 반응에 아랑곳하지 않고 위를 올려다보며 권채아에게 손짓했다.

"채아야, 내려와. 아이스크림 먹자!"

◇ ◆ ◇

이사가 끝나고 블루 도넛은 계약 조건에 따라 단 하루도 쉬지 않고 부지런히 공연을 했다.

벌써 엄청난 인기를 얻은 건 아니지만 조금씩 반응이 오고 있었다.

특히 블루 도넛의 곡을 들은 사람들은 어김없이 이런 반응을 보였다.

"응? 노래 좋은데?"

"오…… 그러네? 인디밴드 공연이라길래 약간 마이너할 줄 알았는데 전혀 아닌데?"

"약간 여자 혁우 밴드 삘 나지 않나?"

"조금 달라. 근데 엄청 좋아."

블루 도넛의 공연 장소는 여러 곳이었다.

클럽, 바, 길거리, 지하 소공연장 등 홍대의 다양한 장소에서 공연을 할 수 있게 정호가 안배를 해둔 상태였다.

'손이 조금 많이 가지만 그래야 다양한 경험을 쌓을 수 있다. 결국 블루 도넛의 음악과 정체성은 인디밴드라는 것에는 시작돼 인디밴드라는 것으로 끝나게 될 테니깐.'

그리고 이건 정호가 그린 첫 번째 큰 그림이기도 했다.

블루 도넛이 단 한 번의 공연밖에 경험해 보지 못했다는 얘길 듣고 정호는 바로 이 계약 조항을 떠올렸다.

솔직히 정호의 마케팅 능력과 블루 도넛의 음악이라면 당장 음악 방송에 출연시켜 성공을 꾀할 수도 있었다.

하지만 그렇게 하지 않았다.

그럴 경우 정호가 기억하고 있는 블루 도넛만의 유니크한 색깔이 지워질 수도 있었다.

계약 직후, 한유현이 어째서 첫 번째 계약 조항을 넣었는지 물어왔다.

정호는 자신의 생각을 그대로 말해줬다.

그러자 한유현이 고개를 끄덕였다.

"잘하셨습니다. 큰 무대는 음악적 색깔이 확실해진 후에서도 늦지 않지요. 제가 보기에도 현재 저 친구들에게 필요한 것은 음악적 정체성과 자신감입니다."

지속적인 공연으로 음악적 정체성과 자신감을 키워주는 일, 이게 정호의 첫 번째 큰 그림이었다.

블루 도넛의 멤버들은 인기와 함께 건강 상태도 호전됐다.

감동우의 얘길 듣고 옛날 일이 떠오른 정호가 잽싸게 블루 도넛 멤버들에게 건강 검진을 받게 했다.

소속 가수의 정기적 건강 검진은 정호가 따로 제의하기도 전에 이미 청월의 표준 계약서에 새겨진 조항이었다.

때문에 블루 도넛의 멤버들은 별다른 부담 없이 건강 검진을 받았다.

그리고 받아든 충격적인 결과.

"안소찬 씨는 이런 생활이 계속됐다면 아마 고치기도 어려운 큰 병을 얻었을 겁니다. 정말 위험했어요."

의사의 말에 블루 도넛의 멤버들은 충격을 받은 듯 제자리에 굳어 있었다.

하지만 이어진 말은 블루 도넛의 멤버들을 안도시켰다.

"다행히 현재는 정기적인 치료를 병행한다면 완치할 수 있는 단계입니다. 생활공간이 달라졌다고 했죠? 거긴 깨끗한가요?"

블루 도넛의 멤버들이 동시에 고개를 끄덕였다.

"좋습니다. 그럼 안소찬 씨는 다음 주에도 추가 검진을 받으러 오세요."

결과적으로 건강 검진은 정호에 대한 블루 도넛 멤버들의 신뢰를 돈독하게 하는 계기가 됐다.

그럴 수밖에 없었다.

어떤 점에서 정호는 생명의 은인이나 다름없었다.

"부장님, 감사합니다……. 정말 감사해요……."

감수성이 풍부한 안소찬은 연신 정호에게 고개 숙여 인사했다.

정호가 속으로 생각했다.

'음…… 소찬이의 고질병 걱정을 하지 않아도 된다는 나도 무척이나 기쁘지만…… 이건 조금 부담스러운데…….'

의도하지 않은 성과에 정호는 당황하고 있었다.

◇ ◆ ◇

그렇게 하루가 다르게 블루 도넛은 성장을 했고 마침내 정호의 두 번째 큰 그림이 발동할 시기가 다가왔다.

청월의 간부급 회의가 있는 날이었다.

대표 이사진을 비롯한 각 팀의 팀장들이 전부 모인 자리에서 회의의 사회를 맡은 기획팀 황 팀장이 마지막 안건을 발의했다.

"……드디어 마지막 안건이네요. 이 안건은 조금 독특합니다. 한 컨설턴트가 저희 회사 측에 협업을 제안했습니다."

불도저라는 별명으로 유명한 총괄매니지먼트부 1팀의 양 부장이 반응을 보였다.

"컨설턴트요?"

양 부장의 질문에 황 팀장이 답변했다.

"네. 하기진이라는 사람으로 몇 가지 큰 건을 성공시켜 최근 이름을 알리고 있는 컨설턴트입니다."

"그런 사람이 왜……."

"충청도에 위치한 회만이라는 도시를 홍보하는 데 청월의 도움이 필요하다고 합니다."

"홍보라면?"

"공연입니다. 정기적인 공연을 요청해 왔습니다."

옆에서 가만히 얘기를 전해 듣고 있던 최 이사가 끼어들었다.

최 이사는 올곧다는 장점과 동시에 고지식한 면이 단점으로 작용하는 청월의 이사진 중 한 사람이었다.

"그런 걸 안건이라고 내놓는 겁니까? 아니, 겨우 이름도 들어보지 못한 회만이라는 도시를 홍보하는 데 청월의 연예인을 활용하다니요!"

최 이사가 다소 흥분한 면이 없지 않았지만 다른 사람들도 고개를 끄덕였다.

확실히 컨설턴트 한 사람의 요청을 받고 청월의 연예인들을 움직인다는 건 무리가 있었다.

홍보 효과를 떠나서 연예인의 활동에 도움이 되지 않는 일이었다.

아무리 돈을 많이 준다고 해도 하지 말아야 할 일이 있는 법이었다.

그래도 가격은 물어봐야 했기에 정 이사가 조심스럽게
말을 꺼냈다.

"계약금은 얼마입니까?"

황 팀장이 조금 뜸을 들인 후 말했다.

"……없습니다. 하기진 컨설턴트는 단 한 푼의 계약금도
약속하지 않았습니다."

윤 대표조차도 고개를 저었다.

도무지 이 상황을 이해할 수 없다는 게 느껴지는 고갯짓
이었다.

최 이사가 신이 난 사람처럼 기다렸다는 듯이 말했다.

"아니, 그게 말이 됩니까? 황 팀장, 그게 말이 돼요? 누
굽니까? 이런 말도 안 되는 안건을 발의한 사람이 도대체
누구냐고요!"

그때 정호가 입을 열었다.

"접니다."

사람들의 시선이 모두 정호를 향했다.

"회만의 홍보 건, 제가 발의했습니다."

14장. 놓친 부분이 있는 것 같습니다만?

슬슬 힘을 끌어모을 때였다.

언론 쪽에 예중태라는 걸출한 인물을 얻은 정호가 선택한 것은 이번에도 협력 관계 구축이었다.

그리고 그 관계의 새로운 대상으로 선정된 사람은 다름 아닌 하기진이었다.

천재 컨설턴트 하기진.

하기진은 언제나 '천재' 라는 말이 따라붙는 사람이었다.

분야가 워낙 달랐기 때문에 컨설팅에는 전혀 관심을 두지 않았던 정호이지만 하기진만큼은 예외였다.

관심을 가지지 않으려고 해도 그럴 수가 없었다.

티비만 틀면 행보가 실시간으로 보도될 정도로 하기진은 불가능한 사업을 가능한 사업으로 만드는 천재 중의 천재 컨설턴트였다.

특히 그중에서도 하기진이 기적처럼 일궈냈던 회만 건은 연예계와도 밀접한 관련이 있었다.

이전의 시간에서 회만 건과 관련된 정보가 정호의 손에 주어졌을 때 정호는 자신도 모르게 허, 하고 탄식을 내뱉었던 기억이 있었다.

'도무지 믿기지 않았지……. 한 사람이 해냈다기에는 너무나도 놀라운 일이었으니깐…….'

회만은 충청북도에 속한 군으로 분류된 지역이었다.

도시라기보다는 일종의 마을로 농사 외에는 도무지 가능한 것이 없는 시골 중의 시골이었다.

조금 궁핍하지만 행복만큼은 풍족한 그런 시골.

그대로 놔뒀다면 좋았을 것이다.

문제는 그런 회만을 살리겠다고 전임 군수가 나서면서부터 발생했다.

군수는 회만을 관광 특구로 만들겠다고 나섰고, 이것저것 시도했으며, 결국 쫄딱 망했다.

혼자 망했으면 다행인데 군에 필요한 각종 시설 보완비 및 물자비를 관광 특구 산업에 쏟아부은 것에 모자라 빚까지 지으면서 회만군과 함께 거의 동반 자살을 해 버렸다.

회만 군민들에게 있어서 이 실패는 마른하늘에 날벼락이었다.

더 이상 예전의 회만은 없었다.

조금 궁핍했던 삶은 많이 궁핍해졌고 행복했던 삶에는 불행만이 들어찼다.

그리고 이 마른하늘에 날벼락을 바로잡고자 나선 사람이 바로 하기진이었다.

'회만 군민들은 하기진이 마치 슈퍼맨처럼 나타나 상황을 뒤바꿔 버렸다고 말했지 아마?

하지만 하기진은 자신을 구해 달라는 누군가의 부름을 받고 나타난 것이 아니었다.

하기진의 회만 컨설팅은 순전히 우연이었다.

특별한 관광지를 찾던 하기진의 눈에 우연히 회만이 들어왔고 회만에 도착한 하기진은 기대 이하의 모습에 실망을 하다가 번뜩, 회만을 직접 살려보기로 마음을 먹었다.

그리고 이 다짐 하나가 회만을 통째로 바꿨다.

정호는 전문가가 아니었기 때문에 회만을 살린 하기진의 전략이 무엇인지 정확하게 알지 못했다.

다시 말해서 관광 구역 재설정, 유색벽 산책로, 벽화 마을 활성화 등이 지역 경제 발전 및 관광 특구 확립에 어떤 영향을 끼쳤는지 가늠할 수 없다는 뜻이었다.

다만 이것만은 확실히 알았다.

'회만 록 페스티벌……!'

하기진은 어느 이름 모를 소속사와 연계하여 회만군을 알리는 밴드 공연을 열었고 이 공연은 후에 회만 록 페스티벌로 발전했다.

그리고 이건 회만군을 살리는 결정적인 계기가 됐다.

'동시에 그 밴드를 성공시키는 결정적인 계기였고…….'

정호가 블루 도넛과의 계약서에 그려놓은 두 번째 큰 그림은 회만 록 페스티벌의 시초가 되는 바로 이 공연이었다.

◇ ◆ ◇

"좋아요, 오 부장. 한번 들어나 봅시다. 어째서 이 안건을 발의한 겁니까?"

생각에 빠져 있던 정호가 최 이사의 목소리를 듣고 정신을 차렸다.

"저기요, 오 부장! 말을 해보라니까요!"

정신을 차린 정호는 편안하고 느긋하게 자리에서 일어나 좌중을 향해 발언했다.

"현재로서는 이해가 가질 않는 게 당연합니다. 현재까지 드러난 모든 지표가 그렇게 말하고 있죠."

정호가 품속에서 USB 하나를 꺼내 보이며 말을 이었다.

"하지만 이제부터 달라질 겁니다. 저에게 계속 설명할 기회를 주시겠습니까?"

고갯짓 한 번 한 것 빼고는 계속 잠자코 있는 윤 대표가 입을 열었다.

"잘 분석된 자료라면 언제든 환영이지. 자료는 거짓말을 하지 않으니깐. 좋네. 한번 우리를 설득해 보게."

정호의 회의실 컴퓨터에 USB를 꽂고 준비한 발표 자료를 선보였다.

동시에 정호의 발표가 시작됐다.

"갑작스럽겠지만 발표 시작하겠습니다. 자, 여길 봐주십시오. 현재 회만에서 준비한 전략의 추이입니다……."

다른 사람들에게는 갑작스러운 발표였지만 정호에게는 그렇지 않았다.

오랫동안 파악하여 준비한 발표였다.

그랬기 때문에 모든 자료가 구비되어 있었다.

다른 컨설팅 전문가에 도움을 받아 하기진의 전략을 분석한 자료부터 전략의 실질적인 기대 효과와 SNS의 반응 양상까지 모든 것이 화면으로 보여졌고 정호의 입을 통해 설명됐다.

발표가 진행될수록 사람들의 표정이 달라졌다.

정 이사가 실시간으로 달라지는 사람들의 표정을 보며 생각했다.

'정호, 이 자식…… 또 한 건 하겠군……. 하여튼 잠잠한 날이 없어, 잠잠한 날이…….'

결국 회의는 정호의 바람대로 끝이 났다.

자료 준비가 완벽했기 때문에 문제가 생길 수 없었다.

심지어 정호의 요구조차 합리적이었다.

"분석된 자료가 보여주고 있다시피 회만 건은 분명히 성공할 컨설팅입니다. 하지만 회만 건에 참여하는 데 컨설턴트 하기진이 청월에게 요구한 것은 단순합니다. 청월로서는 간단히 해결해줄 수 있는 문제죠. 신인 밴드 한 팀의 공연, 바로 이것입니다."

정호의 말이 끝나자 회의실에 모여 사람들의 고개가 절로 끄덕여졌다.

정호가 공을 들여 설명한 회만의 성공 가능성에 비해 청월이 감수해야 할 부담은 확실히 적었다.

정호가 회의실의 반응을 살피며 말을 계속 이어 나갔다.

"이에 저는 요청합니다. 이번에 계약한 신인 밴드 블루도넛이 회만에서 공연을 할 수 있게 해주십시오."

발표가 끝나자마자 안건은 바로 투표에 부쳐졌고 정호의 요구는 자연스럽게 받아들여졌다.

회만 건의 참여 필요성을 충분히 설명한 상태였고 정호의 요구 조건도 수익을 낼 수 없는 신인 밴드의 공연 정도였으니 거절당할 리가 없었다.

오히려 투표가 끝나고 수익을 낼 수 있는 청월에 소속된 다른 밴드의 공연을 제의하는 사람이 따로 있을 정도였다.

그 부분은 윤 대표가 정리했다.

"회만 건을 제의한 사람은 오 부장입니다. 오 부장의 총괄매니지먼트부 3팀이 공과 과를 모두 지는 것은 당연한 일입니다."

윤 대표의 말에 새로 의견을 제안한 팀장들이 물러났다.

그렇게 정호의 큰 그림이 점차 형태를 갖추기 시작했다.

◇ ◆ ◇

회사를 설득시키는 데 성공한 정호는 바로 하기진에게 연락을 넣었다.

"안녕하세요, 하기진 씨. 청월 엔터테인먼트의 오정호 부장입니다."

정호의 인사에 하기진의 중저음 목소리가 담담히 돌아왔다.

"아…… 안녕하세요. 청월이군요. 연락 기다리고 있었습니다."

"네, 기다리셨다니 결론부터 말씀드리자면 저희 쪽에서는 하기진 씨의 제의를 긍정적으로 검토하고 있습니다. 만나서 자세히 얘기 나누고 싶은데 언제 시간 가능하신가요?"

정호가 물었지만 곧바로 대답이 돌아오지 않았다.

"하기진 씨?"

정호가 이름을 부르고 나서야 하기진이 대답했다.

"아아, 죄송합니다. 솔직히 청월이 이 제안을 받아들일 지 몰랐거든요. 그래서 혼자 서서 조금 놀라고 있었습니다."

하기진의 말에 정호는 하기진이 볼 수 없는 미소를 지으며 말했다.

"벌써부터 놀라시면 안 됩니다. 앞으로 놀랄 일이 무척이나 많거든요."

"후후. 기대가 되는군요. 언제, 어디로 가면 될까요? 저는 다음 주부터 한 주간 서울에 있기 때문에 시간을 맞춰드릴 수 있습니다."

정호가 미리 생각해둔 시간과 장소를 댔다.

"월요일, 세 시에 홍대가 어떨까요? 자세한 장소는 문자로 보내드리겠습니다."

정호의 말대로였다.

한유현의 작업실에서 마주 앉은 하기진은 정호가 준비해 온 자료를 보고 눈이 휘둥그레져서는 놀랐다.

"이…… 이게 전부 오 부장님께서 준비한 자료입니까……?"

물론 자료가 이게 전부는 아니었다.

아직 꺼내지 않은 비장의 카드가 남아 있었다.

하지만 내놓은 자료는 전부 정호가 준비한 것이 맞았기 때문에 대답 대신 고개를 끄덕였다.

"놀랍군요……."

하기진은 이렇게 말하며 정호를 의심의 눈초리로 재빨리 훑었다.

확실히 하기진의 입장에서 이런 조사는 과한 면이 있었다.

하지만 하기진은 금세 의심의 눈초리를 거두었다.

하기진도 정호가 자신에게 어떤 위해를 가할 리가 없다는 생각을 했다.

정호는 그런 하기진의 의중을 쉽게 파악하며 입을 열었다.

"제가 기진 씨의 행보를 쫓은 것은 불과 6개월 전의 일입니다. 우연히 회만 여행을 다녀온 사람의 SNS 게시물을 읽었고 그걸 계기로 회만에 대해서 알아보다가 기진 씨의 존재를 알게 됐죠. 제가 오래전에 회만을 다녀온 일이 있어 바뀐 회만을 보고 많이 놀라면서 벌어진 우연이랄까요? 하하하."

정호의 설명을 듣고 하기진은 고개를 끄덕였다.

충분히 납득할 만한 설명이었다.

유색벼는 자라는 데 시간이 오래 걸렸지만 벽화 작업은 빨리 시작해 마무리를 지었고 그러다 보니 벽화를 본 관광객들이 몇몇 있었다.

하기진도 그 사람들이 SNS에 올린 게시물을 이미 찾아본 상태였다.

"조사를 하면서 많이 놀랐습니다. 기진 씨의 신박한 전략에 몇 번이나 감탄했죠. 그래서 기진 씨가 청월에 제안을 해왔을 때 무척이나 기대가 됐습니다. 정말 궁금하군요. 기진 씨는 이번에 어떤 일을 계획하고 계신 겁니까?"

정호는 일부러 기진이 회만 록 페스티벌을 준비하고 있다는 걸 모르는 척 질문을 던졌다.

비장의 카드를 위한 선택이었다.

하기진은 이런 사정도 알지 못한 채 입을 열었다.

"이렇게까지 저한테 관심을 가져주셨는데 말씀드리지 않을 수 없죠. 제가 준비한 전략은 1차적으로 신인 밴드의 공연입니다. 하지만 2차 전략은……."

"2차 전략은요?"

하기진이 회심의 미소를 지으며 정호를 바라봤다.

그러고는 말했다.

"계약이 끝나면 말씀드리겠습니다."

하기진의 재치에 정호가 호탕하게 웃었다.

"하하하. 좋습니다. 어서 계약부터 하도록 하죠."

정호는 곧바로 하기진과 청월의 주최하에 블루 도넛이 회만에서 공연을 한다는 골자의 계약을 맺었다.

계약이 끝나고 정호가 보챘다.

"자, 이제 말씀해 주시죠."

"아…… 제가 준비한 2차 전략은……."

하기진이 조금 뜸을 들이다가 의기양양하게 말을 이어

나갔다.

"바로 회만 록 페스티벌입니다."

의기양양하게 말을 꺼냈지만 하기진은 곧 분위기가 이상하다는 걸 깨달았다.

자신의 얘길 들은 정호가 너무나도 담담하게 고개를 끄덕이고 있었기 때문이었다.

'뭐지······?'

하기진이 이런 생각을 할 때 정호가 말했다.

"역시 록 페스티벌이었군요."

뜻밖의 대답이 돌아오자 오히려 놀란 것은 하기진이었다.

"네?"

"역시나 록 페스티벌이라고 말했습니다."

"아니, 그걸 어떻게······?"

이번에는 정호가 의기양양해질 차례였지만 정호는 프로중의 프로였다.

담담하면서도 편안한 어조로 지금까지 꽁꽁 숨겨왔던 비장의 카드를 꺼내 보였다.

"록 페스티벌······ 아주 좋은 생각이죠······. 하지만 안타깝게도 기진 씨가 놓친 부분이 있는 것 같습니다만?"

　계약서에 명시된 블루 도넛의 공연 일은 두 달 후였다.

　그리고 두 달간 회만은 정호의 기억대로 빠르게 성장을 거듭했다.

　처음 하기진이 이곳에 왔던 것처럼 특별한 관광지를 찾는 사람들로부터 점차 입소문을 탔고 입소문은 다시 입소문을 타 회만을 조금씩 관광 명소로 변모시켰다.

　물론 이것만으로는 부족했다.

　회만의 파산을 직전까지 목격했던 군수로서는 이것만으로도 감지덕지였지만 하기진은 이 정도로 만족할 사람이 아니었다.

　확실한 기폭제가 필요했다.

그 기폭제는 바로 블루 도넛이었다.

원래라면 블루 도넛의 공연은 회만을 알리는 또 하나의 카드 정도로밖에 쓰이지 않았을 것이다.

하기진이 바라는 것도 그 정도였고 이 일을 계기로 점차 공연할 밴드의 숫자를 늘려 회만 록 페스티벌을 정기적으로 주최하는 게 하기진의 최종 목표였다.

이전의 시간에서 첫 공연을 했던 밴드가 성공을 거둔 것도 최종 목표로 가는 과정에서 얻어걸린 부수적인 효과에 불과했다.

페스티벌을 위해 밴드의 숫자를 채우려다 보니 첫 공연을 했던 밴드를 계속해서 초청할 수밖에 없었고 그러다가 이름을 알리게 된 것이었다.

하지만 블루 도넛은 신인 밴드이긴 해도 어중이떠중이 밴드가 아니었다.

가까운 미래에 대한민국 최고의 밴드가 될 재목이었고 최근 2개월간 쉬지 않고 공연을 하면서 어느새 블루 도넛은 홍대 최고의 스타 밴드 중 하나로 자리매김을 한 상태였다.

'놀랄 일도 아니지. 다름 아닌 블루 도넛이니깐.'

그런 블루 도넛의 정식 대규모 공연이 회만에서 있을 것임을 청월의 홍보팀은 대대적으로 광고했다.

그러자 자연스럽게 온라인상의 반응은 급격히 뜨거워졌다.

[오! 블루 도넛이 회만에서 단독 콘서트를 하는 건가요? ㅎㅎㅎ]

[엥? 회만? 회만이 어디지? 하고 검색하고 온 사람 손!]

[ㄴㅋㅋㅋㅋ나요!]

[근데 블루 도넛이 청월 소속이었음?ㅇㅇ]

[그런가 봅니다ㅋㅋㅋ 저도 처음 알았네요ㅋㅋㅋㅋㅋ]

[블루 도넛 단독 콘서트 아니라네요ㅋㅋㅋ 콘서트는 아니고 회만 관광 축제 특별 게스트 개념ㅋㅋ]

[하긴 블루 도넛이 음원 몇 개가 플럼에 돌고 있지만 아직 앨범을 낸 건 아니지……]

[ㅇㅇ아직 단독 콘서트를 할 만큼의 음원이 없음ㅋ]

[그나저나 청월에 알짜배기 연예인이 많네ㅋㅋ 설마 이번에도 그 스타 매니저 작품은 아니겠지?]

[ㄴ오정호라는 고대 시대의 사람 말인가요?ㅋㅋㅋ]

[회만이라길래 어딘가 했더니 이런 곳이 있었네ㅋㅋㅋㅋ]

[억ㅋㅋㅋㅋ 나 얼마 전에 여기 다녀왔는데ㅋㅋㅋㅋ]

[아아 드디어 블루 도넛이 단독 공연을 하는구나ㅋㅋㅋㅋ 꼭 가야겠다ㅋㅋㅋㅋ]

[블루 도넛 넘나 좋아ㅋㅋㅋ]

특별한 마케팅이 들어간 홍보는 아니지만 효과는 이것만으로도 충분했다.

사실 아직 관광 특구로 자리 잡지 못한 회만이었기에 효과는 사실 엄청나다고 봐야 했다.

'일은 잘 풀리고 있다. 욕심내지 말자. 수익이 전혀 나지 않는 일에 더 이상 회사의 도움을 받는 것도 무리니깐.'

시간은 그렇게 흘러갔고 마침내 공연 당일의 날이 밝았다.

◇ ◆ ◇

"어! 오 부장님이다!"

회사의 일을 처리하고 뒤늦게 회만에 합류한 정호를 안소찬이 가장 먼저 반겼다.

"안녕하세요, 부장님!"

"안녕하세요!"

"저녁 식사는 하셨나요?"

블루 도넛의 다른 멤버들도 정호를 반겼다.

정호가 블루 도넛 멤버들에게 다가가며 말했다.

"나는 식사하고 내려왔지. 너희는 밥 먹었어?"

권채아가 대답했다.

"네, 저희는 먹었어요."

정호는 권채아의 대답을 들으며 무대 상황을 살폈다.

겉으로 봤을 때는 문제가 없어 보였다.

회만군에서 힘을 좀 썼는지 무대가 깔끔하게 잘 꾸며져 있었다.

규모도 생각보다 대단했다.

정호가 고개를 끄덕이며 현장 상황에 만족하고 있는데 정호 대신 현장을 지휘한 곽진모가 다가왔다.

"안녕하세요, 부장님. 오셨습니까? 보시다시피 무대 세팅도 완벽하고 블루 도넛도 오전, 오후에 두 차례나 훌륭하게 리허설을 완료했습니다."

하기진이 나서서 무대를 준비했다지만 전문가와는 확실히 수준이 다를 수밖에 없었다.

그런 까닭에 정호는 곽진모를 따로 먼저 내려보냈다.

눈으로 직접 보지 못했지만 대충 훑어봐도 의자 하나를 놓는 것부터 매표 장소를 관리하는 것까지 곽진모의 전문가적 손길이 느껴졌다.

정호가 속으로 생각했다.

'후…… 진모를 미리 내려보내길 잘했군.'

뿐만 아니라 곽진모는 정호가 미리 마련해둔 각종 무대 장치 및 편의 장치까지 모두 설치한 상태였다.

'정 이사님의 도움이 컸지…….'

블루 도넛의 무대를 꾸미는 데 있으면 좋은 장치들이었지만 구하기가 쉽지 않은 장치라 아쉬워하던 차에 정 이사가 도움의 손길을 내밀었다.

정 이사는 갑자기 부장실로 내려와서 무대 소품 및 장치 목록을 살피더니 입을 열었다.

"대충해서 되겠냐? 이 정도는 내 선에서 처리해줄 수 있어. 나한테 맡겨."

정호는 정 이사가 하는 말을 단번에 알아듣고 감사를 표했다.

"감사합니다, 정 이사님."

정 이사가 손사래를 쳤다.

"이러려고 이사 직함 얻은 건데 당연한 거지. 됐고, 이번 건도 반드시 성공시켜라."

회상에서 빠져나온 정호가 곽진모부터 칭찬했다.

"고생했다. 이번 무대 마무리까지 한번 잘해봐."

그러고는 뒤를 돌아 블루 도넛을 보며 말했다.

"그나저나 너희 리허설을 두 차례나 했어? 체력적으로 좀 힘들 수도 있는데……."

정호의 말에 블루 도넛의 멤버들이 합창을 하듯 말했다.

"걱정 마세요, 부장님. 저흰 100곡도 부를 수 있어요."

"100곡이 뭐야. 1,000곡도 부를 수 있지."

"근데 우리 노래가 1,000곡이 돼?"

"말이 그렇다는 거지. 뭘 그런 것까지 따지냐?"

활기찬 걸 보니 공연에는 확실히 문제가 없는 듯했다.

"좋아. 그럼 공연 기대할게. 너희의 색깔을 제대로 보여줘."

블루 도넛의 호언장담은 단순히 호언장담이 아니었다.

정말 블루 도넛은 100곡이라도 부를 기세로 무대 위를 활보했다.

그렇다고 무식하게 힘만 빼는 공연이 아니었다.

록, 포크, 재즈, 힙합을 넘나드는 블루 도넛 특유의 센스가 무대 위에서 느껴졌다.

장르를 이용한 훌륭한 강약 조절이었다.

'단기간에 다양한 장소에서 공연을 많이 한 경험이 고스란히 드러나는군. 아주 좋아.'

그리고 블루 도넛이 힘을 낼 만한 상황이었다.

1~2,000명만 모여도 성공이라고 봤던 관객의 숫자가 5~6,000명에 육박했으니 블루 도넛으로서는 힘이 날 수밖에 없었다.

어느새 정호의 옆에서 블루 도넛의 공연을 관람하고 있던 하기진이 입을 열었다.

"대단합니다……. 솔직히 이 정도로 관객이 몰릴지 몰랐어요……."

정호가 고개를 끄덕이며 대꾸했다.

"전부 기진 씨가 힘을 써준 덕분이지요. 고맙습니다. 블루 도넛에게 이런 좋은 기회를 주셔서."

정호의 말을 듣고 하기진이 멍한 표정을 지었다.

그러더니 이내 정신을 차리고 고개를 가로저었다.

"저도 바보가 아닙니다. 이 상황을 만든 사람이 모두 오 부장님이라는 걸 알고 있어요."

하기진의 말이 맞았다.

사실 정호가 끼어들지 않았으면 이런 상황이 연출될 리가 없었다.

원래라면 관광 특구로의 성장 가능성과 회만 자체의 홍보력이 마케팅 요소의 전부였다.

이 두 가지를 가지고 모든 걸 해내야 하는 상황이라는 뜻이었다.

하지만 정호의 등장으로 블루 도넛이라는 홍대에서 가장 핫한 밴드가 추가됐고 청월의 전방위적인 마케팅 능력이 가미됐다.

효과가 판이하게 달라졌다.

이런 시너지가 아니었다면 절대 관객이 5~6,000명이나 모이지 않았을 것이다.

결국 정호의 안배 덕분에 이전의 시간에서 총 10회 공연 끝에 간신히 자리를 잡았던 회만 록 페스티벌은 그 기간이 8회, 어쩌면 5회, 3회로 줄어들 것이 분명했다.

정호도 이 사실을 알았기 때문에 하기진의 말에 빙그레 미소만 지었다.

무슨 말을 해도 이 순간에는 잘난 척으로 보일 뿐이었다.

정호의 미소에 담긴 의미를 깨달으며 하기진이 계속 말을 이었다.

"저는 여태껏 제가 뛰는 놈이 위에 나는 놈이라고 생각했는데 이번 일을 통해서 확실히 깨달았습니다. 아니었습니다. 저는 그냥 뛰는 놈이었어요. 문득 고개를 들어보니 제 위에 진짜 나는 놈이 있었습니다. 그리고 나는 놈은 오 부장님이었습니다. 감사합니다. 이번 일을 통해 정말 오 부장님께 많은 걸 배웁니다."

하기진의 극찬에 정호는 살짝 민망해졌다.

자신이 하기진보다 경험이 많고 노하우가 있는 것은 사실이었다.

하지만 하기진은 정호가 보기에도 천재였다.

'내가 몇 번을 시간을 되돌려도 이런 컨설팅은 하지 못할 테니깐.'

그리고 바로 이 사실이 정호가 하기진을 얻고 싶어 하는 이유였다.

정호는 당장 하기진을 향해 손을 내밀고 싶었다.

하지만 그 마음을 꾹 억누르며 생각했다.

'아직 때가 아니다. 하기진은 누구한테 져본 적이 없는 천재 중의 천재이기 때문에 겨우 이 정도로 마음을 내주지 않을 것이다. 결정적인 한 방이 필요해. 그리고 그 한 방은 이미 준비됐다.'

정호가 하기진을 향해 입을 열어 농담조의 말을 꺼냈다.

"뛰는 놈, 나는 놈이라……. 그래도 놈이라뇨. 우리 사이에 아주 듣기 좋은 말이군요, 하하하."

정호의 농담을 알아듣고 하기진이 정호를 따라 하하하, 웃었다.

그사이 블루 도넛은 성공적으로 공연을 끝마치고 있었다.

◇ ◆ ◇

공연은 대성공이었다.

공연 자체의 흥행도 흥행이었지만 공연 이후의 효과가 대단했다.

먼저 블루 도넛의 공연 이후 회만을 찾는 사람들이 급증했다.

공연도 공연이지만 유색벼 산책로와 벽화 마을로 볼거리를 충분히 제공해 놓은 상태이다 보니 한 번 온 관광객은 다시 찾고 싶은 마음이 들 수밖에 없었다.

공연이 없음에도 불구하고 엄청난 숫자의 관광객들이 회만을 찾았다.

그중 삼분의 일은 다시 회만을 찾은 관광객이었다.

하기진이 미리 회만의 빈집들을 전부 리모델링하여 숙박 시설을 마련해놨기에 망정이지 그러지 않았다면 회만은 수많은 관광객들을 전부 그대로 돌려보내야 했을지도 모를 일이었다.

하기진의 능력을 엿볼 수 있는 대목이었다.

하기진은 다양한 연령층과 세대를 고려하여 게스트하우스, 펜션, 모텔 등을 이미 확보해둔 상태였고 이러한 준비는 전부 회만군의 수익으로 고스란히 돌아갔다.

또한 블루 도넛의 공연으로 다음 공연에 대한 기대감이

쏟아졌다.

특히 회만군이 이번 공연을 계기로 회만 록 페스티벌을 유치시키기 위해 노력하겠다는 공식 입장을 발표하자 온라인상의 기대감이 급증했다.

[그럼 또 블루 도넛이 단독 공연을 하는 건가!ㅋㅋ 콘서트가 아니라길래 별기대감 없이 갔다가 블루 도넛이 20곡 불러줘서 귀 호강한 1인ㅋㅋㅋㅋ]

[와 블루 도넛 또 오면 난 또 간다ㅇㅇ]

[록 페스티벌? 근데 회만이 그런 능력이 되나?]

[현재 성장 중인 도시니깐 혹시 모르는 일이라고 생각합니다ㅎㅎ]

[그래! 하나만으로 모자랐지! 하나 더 열어보자, 회만!]

그렇게 기대감이 상승하면서 회만의 미래는 자연스럽게 장밋빛으로 그려지는 듯했다.

'하지만 아니었지.'

이전의 시간에서 회만이 회만 록 페스티벌로 엄청난 발전을 이룩한 것은 사실이었다.

그러나 회만 록 페스티벌이 끌어들인 것은 단순히 관광객만이 아니었다.

'대기업들.'

대기업들의 상술이었다.

회만 록 페스티벌이 상업적으로 효과가 있다는 걸 깨달은 대기업들은 무분별하게 회만의 땅을 투기하기 시작했다.

그리고 이것을 빌미로 회만 록 페스티벌에 발을 걸쳐 지역 경제 발전이라는 본래의 취지를 흐리고 자기들의 사리사욕만 채웠다.

'뒤늦게 상황을 깨닫고 하기진이 손을 써보려고 했지만 이미 늦었지. 그렇게 회만은 엄청난 발전을 이뤄냈지만 회만 자체가 결국 대기업을 위한 무대가 되고 말았다.'

하지만 이번에는 그런 일이 발생하지 않을 예정이었다.

정호와 하기진은 군청의 조용한 장소에 단둘이 마주보고 앉아 있었다.

하기진이 입을 열었다.

"이번 공연이 성공하고 회만 록 페스티벌의 그림이 그려지면 제가 놓치고 있는 부분을 말씀해 주기로 하셨지요? 지금 부탁드리겠습니다. 이제 말씀해 주십시오."

하기진의 부탁을 듣고 잠시 말을 고르던 정호가 마침내 입을 열었다.

"기진 씨가 놓치고 있던 것은 바로…… 땅입니다."

"네?"

"곧 회만으로 대기업들이 손을 뻗어오기 시작할 겁니다."

그제야 하기진이 상황을 깨닫고 자리를 박차며 일어났다.

조급해지는 게 당연했다.

"그런……!"

하지만 정호는 그런 하기진을 안심시켰다.

"그럴 필요 없습니다. 앉으세요. 회만의 땅은…… 이미 제가 모두 구입했습니다."

매니지 먼트 제왕

16장. 그럼 따라가야죠

정호는 자신이 구입한 토지의 내역을 서슴없이 공개했다.

"이건 회만읍에 구입한 5만 평의 내역이고 또 이건 청폐면에 구입한 3만 평의 내역입니다. 그리고 이건……."

정호가 정말 회만군의 모든 땅을 구입한 것은 아니었다.

여러 루트를 통해 돈을 빌렸지만 그만한 자금을 마련한다는 것 자체가 불가능했고 효율도 무척이나 떨어졌다.

회만군의 어떤 땅은 서울만큼의 발전을 거두지 않는 한 향후 20년간은 쓸모가 없을 곳도 많았기 때문이었다.

그런 탓에 정호는 괜한 욕심을 부리지 않았다.

전문가의 자문과 자신의 기억을 더듬어 딱 필요한 만큼의 땅을 구입했고 구입한 땅의 실질적인 양은 회만군 전체 면적에 비하면 턱없이 부족했다.

하지만 조금만 눈이 밝은 사람이라면 정호가 구입한 토지 내역을 확인한 후에는 도저히 구입한 땅의 양이 적다고 말할 수 없었다.

"어떻게 이런……."

하기진은 눈이 밝은 사람이었다.

그렇기 때문에 놀라 그 자리에서 입을 떡 벌릴 수밖에 없었다.

정호가 구입한 땅은 회만군 전부를 샀다고 해도 과언이 아닐 정도로 모두 엄청난 알짜배기였다.

입을 떡 벌린 채 놀라던 하기진의 눈빛이 이내 날카로워졌다.

그러고는 정호를 향해 고개를 바싹 세웠다.

그건 마치 어디 한번 이 땅을 산 것에 대한 변명을 해보라는 뜻 같았다.

하기진의 흉흉한 눈빛을 보며 정호가 웃으며 말했다.

"믿을지 모르겠지만 저는 이 땅을 팔아서 한몫 챙길 생각이 전혀 없습니다. 그렇다고 해서 회만군이나 기진 씨에게 어떤 영향력을 발휘할 생각도 물론 없고요."

"그럼 어째서 이 많은 땅을 산 겁니까?"

정호는 단호한 표정을 지으며 대답했다.

"이 땅이 꼭 필요한 사람들을 위해서."

정호의 대답을 듣고 하기진의 표정이 조금 풀어졌다.

하지만 여전히 의구심은 풀리지 않은 것 같았다.

하기진도 그 부분을 숨기지 않았다.

"저는 솔직히 오 부장님의 말을 믿지 못하겠습니다. 어떻게 그 말을 믿을 수 있겠습니까? 오 부장님께서 조금만 나쁜 마음을 먹는다면 회만군을 향해 어떤 짓이든 할 수 있는데 말입니다."

정호는 빙그레 웃으며 차분히 되물었다.

"어떤 짓이든 할 수 있죠. 하지만 이 얘길 기진 씨한테 하지 않았다면 더 많은 짓을 할 수 있었을 텐데 어째서 제가 이런 말을 기진 씨한테 꺼내는 것일까요?"

"그…… 그건…….."

"다시 한 번 말씀드리지만 저는 이 땅을 가지고 어떤 짓도 할 생각이 없습니다. 다만……."

"다만?"

"정말 꼭 이 땅이 필요한 사람들에게 땅을 넘겨줄 생각입니다. 그리고 그 과정에서 회만군과 기진 씨의 도움을 받을 예정이고요."

정호가 품속에서 종이 뭉치를 꺼내 책상 위에 탁, 하고 올려놨다.

하기진이 물었다.

"뭡니까?"

"계약서입니다. 제가 가지고 있는 회만군의 땅을 제 임의가 아니라 기진 씨와 회만 군수의 동의를 받아 팔겠다는 골자가 들어 있는 바로 그 계약서."

그리고 이 계약서가 바로 정호가 꽁꽁 숨겨둔 진짜 비장의 카드였다.

◇ ◆ ◇

얼마나 시간이 흘렀을까.

결국 하기진은 정호를 향해 백기를 들었다.

"항복입니다, 항복……. 도저히 오 부장님의 큰 그림은 제가 따라갈 수 있는 수준이 아니군요……."

하기진의 완벽한 항복의 선언이었다.

미래에 대한 비전부터 현재의 시급한 점을 짚어내는 부분까지 모든 게 의견이 일치하니 하기진은 항복을 선언할 수밖에 없었다.

정호가 대답 대신 미소를 지어 보이며 속으로 생각했다.

'이 모든 건 이전의 시간에서 대기업의 횡포로 이루지 못한 하기진의 목표였으니깐…….'

정호는 하기진을 자신의 사람으로 만들기 위해 이전의 시간에서부터 노력했다.

이전의 시간에서는 하기진과 서로 협력하는 관계가 아닌 하기진을 휘하에 두기 위한 노력이었지만 어쨌든 그때의 노력이 빛을 발하고 있었다.

'돌이켜 보면 그때 알아낸 모든 것들이 결국 나에게 다시없을 고급 정보로 작용하는군.'

정호가 생각에 빠져 있는 사이 하기진은 두 사람이 상의한 내용을 정리했다.

"첫째, 오정호가 구입한 회만군의 토지는 하기진의 동의하에 판매를 한다. 둘째, 판매 대상자는 오정호와 하기진이 상의하여 결정한다. 셋째, 판매 대상자는 다음의 기준에 따라 우선순위를 나누어 정한다. 하나, 회만군 상업에 정도를 넘는 영향력을 발휘하지 않는다고 서면으로 동의할 수 있는 인물일 것. 하나, 회만군에서 주최하는 각종 사업에 적극적으로 동참할 수 인물일 것. 하나, 회만군의…… 끝으로 이 모든 계획의 최종 목표는 회만 예술가 마을 건립이다."

그랬다.

이게 바로 하기진이 남몰래 꿈꾸던 회만군의 미래였다.

회만 록 페스티벌을 시작으로 관광객을 유치하고 음악가들을 모으고 나아가 회만 군민들과 예술가들이 돈 걱정 없이 더불어 살 수 있는 마을을 만드는 것.

하기진은 오랫동안 이것을 바라고 있었다.

◇ ◆ ◇

계절이 몇 번 바뀌며 시간이 순식간에 흘러갔다.

그 사이 많은 일이 있었다.

우선 뉴 아트 필름이 제작하고 지해른이 주연을 맡은 영화 〈더 트리플〉이 국내에 개봉했다.

〈더 트리플〉은 정호의 예상대로 엄청난 흥행을 거두지 못했다.

하지만 광 감독의 연출력과 지해른의 연기력만큼은 호평을 받았다.

그리고 결국 〈더 트리플〉은 한 신문사의 '올해 지나갔지만 다시 주목할 만한 영화'로 꼽히며 수작의 반열에 올랐다.

한동안 〈더 트리플〉의 기대 이하의 성적 때문에 마음고생을 하던 지해른이 이 기사를 들고와 정호에게 말했다.

"거 봐요, 부장님. 제가 이 영화 괜찮다고 말했죠?"

〈더 트리플〉은 결과적으로 지해른의 자신감을 키워주는 좋은 계기로 작용했다.

자신이 직접 고른 영화가 나쁜 평가와 좋은 평가를 모두 받았다는 사실 자체가 지해른에게 성장 동력으로 작용한 셈이었다.

뿐만 아니라 오서연의 솔로 앨범도 발매됐다.

〈더 트릭〉이라는 타이틀로 발매된 이 앨범은 힙합을 사랑하는 팬들에게 극찬을 받았지만 아쉽게도 음원 성적이 별로 나오지 않았다.

오히려 오서연이 만들어서 다른 가수에게 준 곡들이 좋은 성적을 거뒀다.

특히 드라마 OST로 들어간 오서연의 곡은 큰 성공을 거두며 오서연에게 쏠쏠한 수입을 안겨줬다.

그러자 오서연은 부수입이 생겼다고 흥청망청 과음을 하기 시작했다.

"마시고 죽자!"

결국 오서연의 기행은 정호에게 전해졌다.

전화를 건 사람은 신유나였다.

"부장님, 서연 언니 좀 말려줘요."

처음에 정호는 신유나가 무슨 말을 하는지 알아듣지 못했지만 통화 목소리 뒤편으로 "술 가져와, 퍼피! 술 가져오라고!" 하고 오서연이 소리를 지르는 게 넘어오면서 상황이 파악됐다.

오서연은 정호에게 한 달간 금주 처분을 받았다.

"곡이나 써. 술은 앞으로 없다."

자신의 죄를 알고 있었기 때문에 오서연이 잠자코 대답했다.

"네……."

그리고 마침내 강여운이 출연한 영화 〈라스트 위크〉가 개봉했다.

북미, 유럽을 거쳐 한국에 도착한 〈라스트 위크〉는 엄청난 흥행 돌풍을 일으켰다.

북미와 유럽에서도 흥행을 기록했지만 한국에서의 흥행은 수준이 달랐다.

역대 외국 영화의 동원 관객 기록을 돌파했음은 물론이고 연일 언론과 온라인상이 〈라스트 위크〉에 대한 이야기로 들끓었다.

어깨춤이 절로 나오는 상황이었다.

실제로 윤 대표는 강여운의 성공에 고무가 됐는지 정호, 민봉팔, 김만철을 한자리에 불러 성공을 치하할 때 어깨가 계속 조금씩 들썩거렸다.

윤 대표를 이전의 시간에서부터 가까이 알고 지냈던 정호로서도 처음 보는 모습이었다.

얼굴이 벌게진 윤 대표가 김만철의 어깨를 아플 정도로 두드리며 말했다.

"잘했네, 정말 잘했어!"

너무 흥분한 것이 아닌가 싶기도 했지만 한편으로는 윤 대표의 마음이 이해가 됐다.

수많은 한국인들이 좌절을 맛보았던 할리우드라는 장벽을 넘어 최초로 전 세계적인 흥행까지 이뤄낸 일이었다.

단순히 연예계를 넘어서 대한민국이라는 국가를 자랑스

럽게 할 만한 일이라고 해도 과언이 아니었으니 윤 대표의 어깨가 저렇게 들썩일 수밖에.

윤 대표가 정호 앞에서 서서 말했다.

"결국 오 부장이 또 한 건을 해내군. 〈라스트 위크〉 건은 정말 엄청난 일이었네. 특히 토비 워커를 구한 일이 말이야, 하하하."

확실히 윤 대표의 말대로 정호가 아니었다면 이 일은 이렇게까지 성공하지 못했을 것이다.

하지만 정호는 적당히 물러났다.

현장에서 실제로 고생한 사람들과 이 엄청난 업적을 나눌 필요가 있었다.

정호가 입을 열었다.

"진정으로 고생한 친구들은 제 옆에 있죠. 이건 모두 봉팔이와 만철이가 환상의 호흡으로 여운이를 잘 케어한 덕분입니다. 그리고 무엇보다도 실제로 현장에서 구르고 연기한 여운이만큼 고생한 사람은 없죠."

윤 대표는 고개를 끄덕이며 호탕하게 웃어 젖혔다.

"하하하. 이 친구가 오늘도 겸손을 떠는군. 물론이네. 〈라스트 위크〉 건은 결국 모두가 고생해서 얻은 결과지. 하지만 잊지 말게. 청월의 진정한 보배가 자네라는 걸."

정호는 정중히 고개를 숙여 극찬에 대한 감사를 표했다.

마음속으로 흠모를 하는 인물에게 칭찬을 받는 건 언제나 기쁜 일이었다.

이외에도 타이탄은 한결같이 좋은 성적을 거두며 총괄매니지먼트부 3팀의 성과를 유지시켜줬고 유미지는 간간이 예능을 통해 안방을 찾으며 계속해서 뮤지컬 배우로서의 커리어를 이어 나갔다.

또 하수아는 나 피디와의 프로그램을 9퍼센트대의 좋은 성적으로 마무리 지었고 신유나는 한유현과 함께 미국을 오가며 닉 리먼드와의 음악적 교류를 부지런히 쌓았다.

그리고 회만과 블루 도넛의 건도 기다리던 윤곽을 갖추기 시작했다.

◇ ◆ ◇

정호는 회만군청의 옥상에 서서 몰라보게 발전한 회만군의 풍경을 한눈에 담았다.

그러고는 생각했다.

'정말 손이 가지 않는 곳이 없었지…….'

그동안 블루 도넛은 간격을 두고 세 차례 회만에서 공연을 더 가졌다.

블루 도넛 외에도 꽤 많은 밴드들이 회만의 공연에 참가했지만 아직 록 페스티벌이라고 부르기에는 손색이 있는 수준이었다.

하지만 회만표 페스티벌은 꾸준히 발전을 거듭했고 그런 까닭에 점차 많은 사람들이 회만을 찾고 있었다.

단순 관광객만이 아니라 회만에 터를 잡고자 하는 사람들도 적지 않게 늘었다.

정호와 하기진은 그중에서 엄격한 잣대로 사람을 선별하여 토지를 매도했다.

이 일을 위해 하기진이 부지런히 움직였다.

물론 완벽하지는 않았다.

열 길 물속은 알아도 한 길 사람의 속은 모른다고 아무리 철저하게 사전 조사를 하고 대면을 한다고 해도 알 수 없는 부분이 분명 존재했다.

'그럼에도 불구하고 이런 과정이 있다는 것 자체가 회만 사람들에게 자부심을 심어주고 있다. 동시에 회만에 대한 인식도 바뀌고 있고.'

그렇게 정호와 하기진의 기준을 통과한 다양한 사람들이 회만에 자리를 잡았고 회만은 점차 예술 마을로서의 구색을 갖춰 나갔다.

"여기 계셨습니까?"

누군가의 부름을 받고 정호가 고개를 돌렸다.

하기진이었다.

"오셨습니까?"

하기진이 정호 옆에 서서 정호가 바라보고 있던 회만의 풍경을 함께 눈에 담았다.

잠시 회만의 모습을 눈에 담던 하기진이 입을 열었다.

"정말 많이 바뀌었습니다."

"많이 바뀌었지요."

하기진이 회고의 젖은 목소리로 말했다.

"이제 회만에 제 도움은 더 이상 필요할 것 같지 않습니다. 땅의 매도도 거의 마무리가 되었고 회만은 이제 스스로 성장할 원동력을 모두 갖췄으니까요."

"저도 그렇게 생각하고 있었습니다. 이제 회만과도 작별을 해야지요. 그래도…… 제1회 회만 록 페스티벌의 성공은 확인하고 가실 생각이지요?"

"네, 딱 거기까지 할 겁니다. 거기까지가 제가 해야 할 일이죠. 제가 이제 회만을 위해 유일하게 할 수 있는 일이기도 하고요."

정호가 대답 대신 고개를 끄덕였다.

두 사람은 말이 없었다.

바람이 회만을 감싸고 사라지는 것을 잠자코 지켜봤다.

그리고 이번에도 침묵을 깬 사람은 하기진이었다.

하기진이 정호에게 물었다.

"이제 어떻게 하실 생각입니까?"

"저도 기진 씨랑 같은 생각을 하고 있습니다. 회만의 일에서 이제 손을 떼야지요."

"그러고 나면요?"

"무슨 대답이 듣고 싶습니까?"

"전부요."

하기진이 진지한 눈으로 말을 이어 나갔다.

"부장님이 생각하시는 큰 그림의 전부를 알고 싶습니다."

하기진의 말에 정호가 빙그레 웃었다.

웃음이 나오는 상황이었다.

그럴 수밖에 없었다.

오랫동안 바라던 일이 정호에게 이뤄지는 순간이었으니깐.

"전부는 알려드릴 수 없습니다. 다만……."

"다만?"

"다만…… 그 전부를 보기 위해 저를 따라오는 것은 막지 않겠습니다."

하기진이 고개를 끄덕이며 말했다.

"그럼…… 따라가야죠. 거기가 어디라도 꼭 따라가야죠."

오랜 기다림이었다.

결국 하기진이 정호의 품안으로 들어왔다.

그리고 회만은 정호의 미래를 위한 가장 큰 포석 중 하나로 자리매김할 예정이었다.

매니지먼트 제왕

정호가 한창 하기진과 회만에서 대화를 나누고 있던 때였다.

나 피디와의 프로그램을 끝내고 휴식기에 들어간 하수아가 집에서 뒹굴고 있었다.

"아~ 심심해~ 아아~ 심심하다고~"

한창 예능에 고정으로 출연을 할 때만 해도 하수아의 소원은 집에서 쉬는 거였다.

아무것도 하지 않고 침대에 누워 열두 시간, 열세 시간 잠만 자는 게 하수아의 유일한 소원이었다.

하지만 막상 프로그램이 종영되고 나자 상황이 달라졌다.

정확히는 상황이 아니라 하수아의 마음가짐이 바뀌었다.

"누가 놀아줘~ 누가 놀아 달라고~ 아니면 차라리 나에게 일을 달라!"

하수아는 결국 참지 못하고 침대에서 일어나 벌컥, 방문을 열고 거실로 나갔다.

거실에는 오서연이 시체처럼 거의 쓰러질 듯 앉아 있었다.

하수아가 오서연의 어깨를 흔들며 외쳤다.

"서연 언니, 놀아줘요~ 쇼핑 가자~ 영화 보러 가자~ 맛있는 거 먹으러 가자~"

하지만 오서연은 여전히 반쯤 넋이 나간 채로 앉아 있을 뿐 대답이 없었다.

하수아는 오서연을 움직이는 회심의 단어를 꺼내기로 했다.

심심함을 극복할 수 있다면 무엇을 못하랴!

"그럼 술 마실까요? 술 마시러 갈래요?"

오서연의 눈빛이 돌아왔다.

"술?"

하지만 다시 오서연의 눈빛은 흐릿해졌다.

"술, 안 돼. 금주령 떨어졌어."

그제야 하수아는 어째서 오서연이 이러고 있는지 깨달았다.

흥청망청 부수입으로 술을 마시다가 정호에게 걸려서 된통 혼이 난 것이다.

상황을 파악하자마자 하수아가 오서연에게서 떨어졌다.

술이 없는 오서연은 팥소 없는 찐빵, 영혼 없는 육체일 뿐이었다.

같이 논다는 건 아예 불가능했다.

이런 오서연과 놀 바에야 침대 위에서 뒹구는 게 백배 나았다.

"칫…… 서연 언니는 안 되겠네……. 아~ 진짜 재밌는 거 뭐 없냐아아아!"

그때 어디선가 스마트폰 진동 소리가 났다.

하수아가 귀를 쫑긋 세웠다.

"이 진동 소리는…… 나의 스마트폰에서 나는 소리다!"

기대감에 부푼 채 하수아는 자신의 방으로 달려갔다.

하수아의 예상대로였다.

방 안에서는 침대 맡에 두었던 하수아의 스마트폰이 울리고 있었다.

하수아는 전화를 건 사람이 누군지도 확인하지 않고 잽싸게 전화부터 받았다.

"네, 밀키웨이의 상큼 발랄 귀여움을 도맡고 있는 예능의 황제 하수아입니다."

"……."

"여보세요? 왜 대답이 없죠? 지금 제 말에 동의하지 않으시는 건가요?"

"……수아야, 난데……."

"난데? 난데쓰까?"

전화기 반대편에서 쿨럭, 하는 소리가 들린 뒤 답변이 돌아왔다.

"나…… 나 피디인데……."

전화를 건 상대방이 이제야 누군지 깨달은 하수아가 호들갑을 떨었다.

"아아! 나 피디님! 어머~ 어쩐 일이세요~ 너무 오랜만에 전화를 거셨네~"

"우리 그저께 종방 파티 하지 않았니?"

"어머~ 전화는 오랜만이잖아요~ 하여튼 농담도 잘하셔, 호호호. 그래요. 어쩐 일로 전화를 하셨수?"

예능 프로그램 몇 개를 같이 한 사이지만 하수아의 갑작스러운 상황극은 도무지 적응이 되질 않는다고 생각하는 나 피디였다.

하지만 그렇다고 전화를 끊을 수는 없었기에 나 피디는 바로 용건을 꺼냈다.

"다름이 아니라 이제 다음 프로그램의 구상을 좀 하려고 하는데 너한테 아이디어가 좀 있나 해서."

나 피디는 이렇게 종종 다음 방송 출연이 확정된 연예인에게 아이디어를 묻곤 했다.

그건 그 출연자의 번뜩임을 믿어서라기보다는 일종의 버릇 같은 거였다.

나 피디의 방송 콘셉트 자체가 공감을 중요시 여기는

쪽이다 보니 생겨버린 버릇.

나 피디의 말에 하수아가 본래의 하수아로 돌아와 반문했다.

"엥? 아직 프로그램 구상 안 하셨어요? 나 피디님 원래 구상 끝나야 종방하시잖아요."

"생각해둔 건 있었지."

"근데요?"

"방송국에서 깠어. 너무 심심하대."

나 피디는 대한민국 최고의 피디 중 하나였지만 그렇다고 해서 언제나 성공만 하는 건 아니었다.

흔한 일은 아니었지만 완성해서 내보낸 방송이 혹평을 받을 때도 있었고 때때로 이처럼 방송국 측에서 프로그램의 제작 자체를 거부할 때도 있었다.

이번에는 후자 쪽인 모양이었다.

하수아가 상황이 어떤지 파악하며 물었다.

"다른 아이디어는 없어요? 이번에는 달랑 하나?"

나 피디는 자존심이 조금 상했지만 순순히 대답했다.

"응……. 이번에는 하나……. 여러모로 좀 바빴어……."

하수아가 스마트폰을 들고 있지 않은 손으로 턱을 쓰다듬었다.

"흠……."

"뭐 좋은 아이디어 있어?"

그때 하수아의 머릿속의 한 가지 생각이 떠올랐다.

매니지
먼트의
제왕 4

"또······ 그렇게 사정사정 아이디어를 달라고 요청하시니 제가 말씀을 안 드릴 수 없지요, 후후후."

"사정사정까지 한 건 아닌데······."

나 피디의 중얼거림을 무시하고 하수아가 계속 말을 이어 나갔다.

"제가 요즘 집에 혼자 있으려니깐 심심하더라고요."

"응, 그렇겠지."

나 피디의 대답이 바로 나왔다.

뒷말에 "수아, 너라면."이 생략된 말이었다.

하지만 하수아는 하수아답게 그런 부분은 무시한 채 자신이 할 말만 했다.

"혼자라는 게 그렇잖아요. 일렉트로닉 기타를 들고 난리를 쳐도 심심한 그런 느낌······. 그러다 보니 차라리 누군가 저를 바라봐주고 있으면 덜 심심하겠다는 생각이 들더라고요."

"그래?"

"그런 방송이 있으면 좋을 것 같은데······."

하수아의 말에 나 피디가 대답했다.

"있어."

"있어요?"

"응. 나 홀로 산다."

"아······ 나 홀로 산다······. 그럼 거기에 나가야겠다! 나 홀로 산다! 너로 정했다!"

207

하수아의 해맑은 외침에 나 피디가 까칠하게 반응했다.

"야야."

하수아가 쏙, 혀를 내밀며 대꾸했다.

"장난이에요, 장난. 근데 그건 막 독신으로 혼자 사는 사람의 일상을 담는 그런 방송 아니에요?"

"응, 그렇지?"

"그럼 전 어차피 못 나가요. 숙소 생활 하잖아요."

"맞네. 어차피 못…… 어?"

갑자기 나 피디가 기묘한 반응을 보이자 하수아가 물었다.

"왜요? 빨래 돌린 바지 주머니에서 손을 넣었더니 오백 원짜리라도 나왔어요?"

"아니…… 그게 아니라…… 나 지금 좋은 아이디어 떠오른 거 같아……."

"아, 정말요? 뭐요?"

회만 건을 마무리 짓고 서울로 올라온 정호는 하수아의 다급한 연락을 받았다.

"부장님! 부장님!"

정호는 또 얘가 왜 이러나 싶었지만 침착하게 전화를 받았다.

두 달에 한 번씩 정호에게 전화를 걸어 유난을 떠는 게 하수아의 취미 중 하나였다.

"대박 사건! 진짜 이번에는 대박 사건이에요!"

"뭔데?"

"저…… 이번에 나 피디님이랑 대박 프로그램 들어갈 것 같아요!"

이번에는 평소보다 나은 소식이었다.

보통은 냉장고에 넣어둔 계란이 꿈틀거리는 거 같다느니, 장롱 속이 어두운 게 누군가 숨어 있는 거 같다느니, 오늘따라 목이 빨리 풀린 게 당장 닉 리먼드랑 노래 대결을 해야 할 것 같다느니 등등의 말도 안 되는 소리뿐이었으니깐.

"그래? 어떤 프로그램인데?"

"제가 주인공인 프로그램이에요!"

"오, 그래?"

"그리고…… 제가 직접 만드는 프로그램이고요!"

"뭐?"

정호는 전화를 끊고 나 피디와 미팅을 잡았다.

여유가 있었는지, 아니면 전화가 올 거라고 생각했는지 나 피디는 30분 후에 CG 엔터 앞 카페에서 만나자고 했다.

정호는 바로 CG 엔터로 이동했다.

정호가 순식간에 카페에 도착했고 잠시 후, 나 피디도 카페의 문을 열고 들어왔다.

"아이고, 오 부장님! 잘 지내셨습니까?"

"종방 축하드립니다, 나 피디님. 저는 잘 지냈지요. 나 피디님은요?"

두 사람은 간단히 근황에 대한 얘기를 주고받았다.

어느 정도 이야기가 무르익었을 무렵, 정호가 슬쩍 새 프로그램에 대한 이야기를 꺼냈다.

"그나저나 수아한테 재밌는 얘길 들었습니다. 이번에 나 피디님이랑 같이 들어가는 프로그램이 아주 독특하다고요."

정호가 하수아에게 전해 들은 얘기는 충격적이었다.

하수아와 나 피디가 이번에 기획한 프로그램의 제목은 〈나의 독립 도전기〉였다.

숙소 생활을 하는 하수아가 숙소를 떠나 스스로의 힘으로 독립을 한다는 콘셉트의 프로그램으로 기존의 〈나 홀로 산다〉의 포맷을 살짝 변주한 방식이었다.

사실 여기까지만 해도 밀키웨이의 멤버 중 하나가 숙소를 떠난다는 상징성의 문제가 불거질 만한데 이게 다가 아니었다.

나 피디가 난감하다는 듯 웃으며 말했다.

"하하하. 뭐…… 그렇게 됐습니다."

나 피디는 이렇게 말하며 슬쩍 다른 곳으로 시선을 돌렸다.

하지만 정호는 그쪽을 쳐다보지 않고 나 피디가 무마하려는 기색을 보이자 득달같이 달려들었다.

"독립이야 그렇다고 쳐도…… 겨우 600만 원으로 모든 걸 구해서 직접 생활해야 한다고요?"

바로 이 부분이었다.

정호가 생각하는 가장 심각한 문제.

〈나의 독립 도전기〉에서 하수아는 단돈 600만 원으로 집을 직접 구하고 가구를 직접 사야 했으며 생활비를 직접 벌어야 했다.

'수아한테 이걸 전부 스스로 하라고? 이게 말이 되는 건가? 수아는 이미 엄청난 수입을 벌어들이고 있는 스타라고!'

하지만 정호의 질문에도 나 피디는 한결같은 반응이었다.

그저 옆을 자꾸 슬쩍슬쩍 바라보면서 웃기만 했다.

"허허허."

정호의 속이 타들어가려는 시점, 두 사람의 테이블 옆으로 익숙한 목소리가 들려왔다.

"그래서 독립이 나쁜 거예요?"

익숙한 목소리가 들려온 방향으로 정호의 고개가 자동적으로 돌아갔다.

그곳에는 얼굴을 꽁꽁 감싼 채 '내가 연예인이오!' 하고 거의 홍보를 하고 있는 한 사람이 앉아 있었다.

정호는 그 사람이 누군지 한눈에 알아봤다.

다름 아닌 하수아였다.

"수아야…… 여길 왜……?"

하수아가 정호의 입을 다급히 틀어막으며 큰 목소리로 말했다.

"쉬잇! 사람들이 알아봐요! 조용히 해요!"

물론 이미 카페의 모든 사람들은 얼굴을 꽁꽁 감싼 채 테이블 한쪽에 앉아 있는 사람이 연예인인 줄 알고 있었다.

얼굴이 보이지 않아서 확신할 수 없었을 뿐이었다.

하지만 하수아가 큰 목소리를 내면서 얼굴을 꽁꽁 감싸고 있는 연예인의 정체를 카페의 모든 사람들이 깨달았다.

"하수아다!"

"대박, 하수아야!"

"오오! 사진 찍어 달라고 하자~"

"와 쩔어!"

갑작스럽게 사람들이 몰려들었고 하수아가 불만을 토해냈다.

"아씨, 부장님 때문에 전부 걸렸잖아요."

정호 입장에서는 어이없는 발언이었지만 지금은 잘잘못을 따질 때가 아니었다.

정호는 하수아를 데리고 서둘러 카페를 벗어났다.

◇ ◆ ◇

세 사람은 CG 엔터 안으로 자리를 옮겼다.

그러고는 〈나의 독립 도전기〉에 대한 설전을 벌였다.

결국 패배를 선언한 쪽은 정호였다.

어쩔 수 없었다.

하수아가 강경하게 〈나의 독립 도전기〉의 출연을 바랐기 때문이었다.

또 나 피디에게는 이 방송을 기획한 명확한 이유가 있었다.

"갑작스러운 아이디어였지만 저는 〈나의 독립 도전기〉가 의미 있는 예능 프로그램이 될 거라고 생각합니다. 600만 원이라는 액수는 우리나라의 모든 사회 초년생을 대표하는 상징 같은 것이니까요."

"저도 나 피디님이 무슨 말을 하고 싶어 하는지 알고 있습니다……. 수아가 〈나의 독립 도전기〉를 출연한다는 사실만으로도 많은 사회 문제를 건드리고 감싸 안을 수 있겠지요……. 다만 저는 수아가 그걸 해낼 수 있을지가……."

하수아가 나섰다.

"할 수 있어요, 부장님! 할 수 있다고요!"

"진짜야?"

"네, 물론이죠. 저는 프로니까요!"

삼 주 후.

하수아가 언덕을 오르며 중얼거렸다.

"아…… 내가 왜 이걸 할 수 있다고 말했을까……?"

매니지먼트 제왕

18장. 나의 독립 도전기

1. (돈이 부족하다면) 세상에 완벽하게 좋은 방은 없다.

방을 구할 때까지만 해도 좋았다.

쉽지 않았지만 하수아는 인심 좋은 복덕방 아주머니의 도움을 받아 마음에 드는 집을 구하는 데 성공했다.

집을 확인한 지 스무 번 만에 얻어낸 쾌거였다.

복덕방 아주머니가 오케스트라를 지휘하는 것처럼 큰 제스처를 취하며 말을 했다.

"이런 집이 또 없어요. 풀옵션에 방도 깨끗하고 주변 치안도 괜찮은 게 딱 수아 양의 방이라니깐."

하수아는 복덕방 아주머니의 지휘에 따라 고개를 이리저리

돌리다가 물었다.

"그런가요? 이곳이 바로 대스타에 어울리는 그런 방인가요?"

하수아의 말에 복덩방 아주머니가 맞장구를 쳤다.

"물론이지! 여긴 대스타만이 아니라 대스타 할아버지랑 와서 같이 살아도 좋을 그런 방이야."

"좋아, 자취방! 너로 정했다!"

스무 번이나 집을 확인하면서 어느새 지쳐버린 하수아는 이사할 자취방을 순식간에 결정지었다.

지친 탓에 충동적인 면이 없지 않았지만 객관적으로 봤을 때도 이곳은 분명 좋은 방이었다.

옵션, 방 관리 상태, 치안이라는 삼박자가 모두 갖춰진, 정말 그런 곳이었다.

하수아가 카메라를 의식하며 속으로 생각했다.

'지금까지 본 것 중에 가장 좋은 방이다……. 시청자들은 내가 이 방을 충동적으로 골랐다고 생각하겠지만…… 이 방을 고르기까지 엄청난 고뇌가 있었다는 것은 모르겠지, 후후후……. 좋아. 잘했다, 하수아……! 이로써 너는 프로답게 재미와 털털한 이미지와 완벽한 방을 동시에 얻었구나……!'

하수아가 재미와 털털한 이미지를 얻은 것은 사실이었다.

다만…… 하수아가 고른 집은 완벽하지 않았다.

모든 것이 다 갖춰져 있었지만 주변에 편의 시설이 적고 집이 언덕 위에 있다는 단점이 분명히 존재했다.

짐을 정리하다 말고 쓰레기봉투가 필요하다는 사실을 뒤늦게 깨달은 하수아가 낑낑거리며 언덕을 내려갔다가 올라가는 중이었다.

자취방 한참 밑에 있는 편의점에 다녀온 것이었다.

하수아가 언덕을 오르며 중얼거렸다.

"헉…… 헉…… 분명 신중하게 고른다고 골랐는데…… 이런 복병이 있을 줄이야……."

세상에 완벽한 집은 없다는 걸 깨닫는 하수아였다.

2. 이별, 아쉬울 줄 알았지?

이사 자체도 초반에는 순조로웠다.

〈나의 독립 도전기〉 팀은 이사 기념 선물로 하수아에게 용달차를 선물했고 보너스로 용달차에 짐까지 실어주었다.

하수아는 〈나의 독립 도전기〉의 규칙에 따라 자신의 물건이라고 밀키웨이 멤버들에게 인정을 받은 물건만 용달차에 실을 수 있었다.

짐은 생각보다 많았다.

다만 짐의 대부분이 개인 의상뿐이라는 문제가 있었다.

하수아가 이 문제를 깨닫고 은근슬쩍 숙소의 주방으로 갔다.

"이대로 당할 수만은 없어……. 어떻게든 한 푼이라도 아껴야 한다, 수아야……. 숙소의 식기를 훔치자……!"

하지만 하수아는 현장에서 딱 걸리고 말았다.

하수아라는 도둑을 잡은 것은 다름 아닌 유미지였다.

슬그머니 하수아의 뒤로 접근한 유미지가 하수아의 귀에다 대고 물었다.

"수아야, 뭐 하니?"

하수아가 소스라치게 놀랐다.

"허어억! 미지 언니! 아, 아니…… 이건 그게 아니라……."

유미지가 청순하면서도 화사한 얼굴로 밝게 웃으며 물었다.

"설마 우리 수아가 동료들의 식기를 훔칠 생각을 하는 건 아니었겠지?"

하수아가 다급히 손사래를 쳤다.

"아니, 아니에요……! 절대 그럴 리가 없죠……!"

"근데 손에 들고 있는 그건 뭘까?"

하수아가 뒤늦게 손에 들려 있는 식기를 확인하고 다시 한 번 놀랐다.

당장 식기를 바닥에 집어 던지려다가 깨질까봐 그러지도 못하고 안절부절못하는 모습이었다.

결국 하수아가 발악하듯 소리를 쳤다.

"나는 여기서 밥을 안 먹었냐고요! 나도 이 숙소에서 밥을 먹었는데 어째서 내 식기는 없는 거냐고요!"

하지만 유미지는 하수아에게 다가와 단호하게 식기를 빼앗으며 말했다.

"당연히 여기에 네 식기는 없지. 이건 회사에서 따로 사줬던 거니깐."

"힝……."

"돈 주고 하나 사렴. 요즘은 다있소에 가면 이런 식기는 저렴하게 살 수 있을 거야."

그렇게 하수아는 정작 필요한 생활용품은 단 하나도 챙기지 못했다.

개인 의상들과 팬들이 선물로 보내준 인형, 건강식품, 화장품만 용달차에 잔뜩 실렸다.

용달차로 떠나기 전, 밀키웨이 멤버들이 하수아를 배웅했다.

유미지, 오서연, 신유나가 모두 숙소 앞으로 나왔다.

먼저 작별 인사를 건넨 것은 유미지였다.

"수아야, 잘 가! 밥 잘 챙겨 먹고!"

"식기가 없는데 어떻게 밥을 먹어요!"

그다음으로는 오서연이었다.

"수아, 과음하지 마. 몸 상한다."

"내가 서연 언니인 줄 알아요!"

그리고 마지막은 신유나였다.

"안 와도 돼요, 언니. 그리고 고마워요."

"퍼피! 방 혼자 쓰게 됐다고 좋아하는 거냐!"

밀키웨이 멤버들의 배웅을 받으며 하수아가 독립을 향해 출발했다.

힘차게 손을 흔들고 있는 밀키웨이 멤버들을 사이드미러로 보며 하수아가 생각했다.

'아쉬울 줄 알았는데…… 생각보다 괜찮네…….'

이제 밀키웨이 멤버들은 어떤 일이 생겨도 영원히 함께하리라는 사실을 어느 누구보다 잘 알고 있었다.

아무리 멀리 떨어진다고 해도 밀키웨이 멤버들은 이미 가족이었다.

3. 짐이 적다고? 그건 순전히 너의 착각.

본격적으로 문제가 불거진 것은 용달차가 자취방 앞에 도착하고 하수아가 직접 짐을 풀기 시작하면서부터였다.

처음에는 간단할 줄 알았다.

용달차에 실려 있는 짐 자체가 별로 무겁지 않은 개인 의상이나 인형, 건강식품, 화장품 같은 것들뿐이었기 때문이었다.

하수아가 용달차에 실려 있는 짐 앞에 서서 의기양양하게 외쳤다.

"체력하면 하수아, 노동하면 하수아지! 이 정도는 껌이랍니다! 시청자 여러분 지켜봐주세요!"

아직 활기가 넘치는 모습이었다.

하지만 잠시 후, 하수아는 생기를 모두 잃었다.

"뭐야……. 도대체 뭐가 이렇게 많아……."

끝이 없었다.

아무리 옮기고 옮겨도 용달차의 짐은 줄어들 생각을 하지 않았다.

개인 팬으로부터 매일 수십 개의 선물을 받는 하수아였다.

짐이 많을 수밖에 없었다.

"그렇다고 이걸 전부 두고 올 수도 없었어……. 이날 이후로 받는 개인 선물은 내 소유가 아니라는 게 〈나의 독립 도전기〉의 규칙이니깐……."

어쩔 수 없는 규칙이었다.

개인 선물을 계속 받을 수 있다면 하수아의 〈나의 독립 도전기〉는 본래의 의미가 퇴색됐다.

"그래서 전부 싸들고 왔는데…… 이런 꼴을 당할 줄이야……."

짐 정리 초반에는 사운드를 채우기 위해 끊임없이 떠들던 하수아였지만 어느 순간부터 하수아는 말없이 짐을 옮겼다.

결정적으로 포장 봉투, 박스테이프, 각종 포장 끈을 버리기 위한 쓰레기봉투가 필요해서 편의점에 다녀왔을 때 하수아의 체력은 모두 소진됐다.

"헉…… 헉…… 헉…… 빌어먹을 자취방이 4층이라니…… 용납할 수 없다……."

결국 하수아가 이렇게 중얼거리게 되었다.

보다 못한 나 피디가 끼어들었다.

"저기 수아야?"

"헉…… 헉…… 왜요……? 또 어떤 말로 사람 속을 긁으려고요……?"

나 피디와 오래 방송을 하면서 나 피디의 입에서 좋은 말이 나올 리가 없다는 걸 알고 있는 하수아였다.

하지만 이번만큼은 하수아의 예상이 틀렸다.

나 피디의 입에서는 오랜만에 좋은 말이 흘러나왔다.

"전화를 해서 친구의 도움을 받는 건 어때?"

"예……? 그래도 돼요……?"

"당연하지. 이사를 할 때 친구의 도움을 받는 건 흔히 있는 일이잖아."

"오오!"

하수아가 감탄을 하며 바로 어디론가 전화를 걸었다.

"어, 성우냐? 여기로 뛰어와!"

30분 만에 타이탄의 멤버 황성우가 하수아의 자취방 앞에 도착했다.

그리고 자연스럽게 나 피디의 입이 함지박만 해졌다.

타이탄의 멤버의 출연이라면 시청률이 엄청나게 상승할 것이 분명했기 때문이었다.

황성우가 하수아를 향해 인사했다.

"안녕하세요, 누나."

하수아는 격하게 황성우를 반겼다.

평소에도 친한 누나, 동생으로 지내는 두 사람이었다.

"잘 왔다! 이 자식! 어서 짐 옮겨!"

◇ ◆ ◇

4. 네가 벌어야지 무슨 소리야.

황성우가 용달차의 마지막 짐을 하수아의 자취방으로 옮겼다.

황성우는 짐을 내려놓으며 외쳤다.

"누나, 끝났습니다!"

하수아가 옆에서 박수를 쳤다.

"오오오! 잘했다, 성우야!"

하수아의 박수 소리가 방송 사운드를 가득 채웠다.

황성우가 기쁜 듯 웃었다.

"하하하."

하수아도 기쁜 듯 마주 웃었다.

"호호호."

그렇게 두 사람이 한참 웃었다.

웃고 있는 두 사람 사이에는 알 수 없는 신경전이 오고갔다.

결국 황성우가 참지 못하고 입을 열었다.

"누나, 나 짜장면……."

하지만 하수아가 황성우의 말을 잘랐다.

"성우야, 고마웠다."

황성우가 다시 한 번 입을 열었다.

"고마웠으면 짜장면……."

이번에도 하수아가 황성우의 말을 가로챘다.

"스케줄 바쁘지? 어서 가 봐."

결국 황성우가 폭발했다.

"아, 누나!"

그러나 이번에도 하수아의 대처가 더 빨랐다.

"성우야…… 나도 염치가 없다는 거 알아……. 나라고 너한테 짜장면을 사주고 싶지 않겠니……? 네가 얼마나 고생을 해줬는지 뻔히 옆에서 지켜봤는데 말이야……. 하지만 말이다……. 누나가 정말 돈이 없다……. 정말 돈이 없어……."

하수아의 너무나 솔직한 고백에 황성우가 말을 잃었다.

"진짜 짜장면 사줄 돈도 없어요?"

"응, 미안해……."

"정말요?"

"응……."

하수아가 완벽하게 저자세로 나오자 황성우는 항복을 선언할 수밖에 없었다.

"휴……. 알겠어요."

"미안해……."

"아니에요. 사정이 얼마나 힘들면 누나가 이러겠어요. 힘내요."

황성우는 1시간 정도 하수아와 열띤 토크를 벌이다가 자취방에서 떠났다.

이후 스케줄 때문에 더 이상 남아 있는 것은 무리였다.

하수아가 떠나는 황성우를 향해 손을 흔들었다.

"잘 가, 성우야! 고마웠어!"

"네, 누나! 힘내요! 파이팅!"

황성우가 벤을 타고 언덕 아래로 사라졌다.

그러자 아련한 얼굴로 작별 인사를 건네던 하수아의 표정이 싹 바뀌었다.

어느새 하수아는 의기양양한 표정을 지으며 어디론가 전화를 걸었다.

아까 봐두었던 중국집 전화 번호였다.

"거기 북경각이죠? 여기 짜장면 하나랑, 탕수육 작은 걸로 하나 배달 좀 해주세요. 여기 주소가……."

전화를 끊고 하수아가 중얼거렸다.

"미안하다, 성우야……. 짜장면은 네가 벌어 사먹어……."

잠시 후, 짜장면이 도착했고 하수아의 짜장면 먹방이 시작됐다.

하수아는 짜장면을 먹으며 살았다는 표정을 지었다.

그렇게 한참 짜장면을 먹더니 하수아가 나 피디를 향해 말했다.

"그래도 다행이에요, 피디님."

"응?"

"다음 달 집세는 다행히 문제없잖아요. 〈나의 독립 도전기〉 출연료가 정산될 테니깐."

하수아의 말에 나 피디가 의아하다는 목소리로 말했다.

"응? 그게 무슨 소리야……. 우리 이번 정산은 프로그램 종방 후에 하기로 했잖아. 〈나의 독립 도전기〉의 공정성을 위해서."

하수아가 폭풍 젓가락질을 돌연 멈췄다.

그러고는 잡아먹을 듯한 눈빛을 하며 나 피디를 향해 물었다.

"그게 무슨 소리예요……?"

"무슨 소리긴……. 네가 직접 집세를 벌어야 한다는 뜻이지……."

매니지
먼트의
제왕4

◇ ◆ ◇

5. 정산.

입 주변에 짜장을 잔뜩 묻힌 채 하수아가 발악했다.

"말도 안 돼! 지금 남은 돈 얼마인데요? 그거 집세 안 돼요?"

하수아의 질문에 나 피디가 성심성의껏 답변을 해줬다.

"보증금 500, 이번 달 집세 40, 주택 매매계약서 30, 관리비 5. 이것만 해도 벌써 25만 원밖에 안 남네. 여기에 용달차 기름값 3만 원, 쓰레기봉투값 2천5백 원, 짜장면 5천 원, 탕수육 1만5천 원. 어라…… 그럼 19만 7천5백 원밖에 안 남네?"

하수아가 다급히 외쳤다.

"아니, 잠깐만! 용달차 기름값은 왜 은근슬쩍 끼워 넣는 거예요!"

하지만 하수아의 말에 나 피디는 당당히 말했다.

"내가 용달차를 빌려준다고 했지 용달차 기름값까지 빌려준다고는 안 하지 않았나?"

하수아가 질렸다는 표정으로 중얼거렸다.

"와…… 악마……. 이 사람을 잠깐이라도 믿는 게 아니었는데……."

나라 잃은 듯한 하수아의 표정이 천천히 클로즈업됐다.

다음 날.

"네, 손님! 어서 오세요!"

하수아는 장사를 하고 있었다.

19장. 알바생, 오정호

정호가 〈나의 독립 도전기〉 촬영을 허락한 것은 해낼 수 있다는 하수아의 말을 정말 굳게 믿었기 때문이 아니었다.

솔직히 정호는 하수아의 말 자체를 크게 신뢰하지 않았다.

그래서 언제든 하수아로부터 전화가 걸려올 것을 어느 정도 예상하고 있었다.

하지만 하수아가 이런 식으로 생떼를 부릴 거라고는 전혀 생각하지 못했다.

전화를 받은 정호가 하수하를 향해 되물었다.

"뭐?"

"부장님이 책임지라고요!"

"수아야, 정말 그게 지금 진심으로 하는 말이야?"

"그럼 진심이지 장난이겠어요? 애초에 제 담당 매니저인 부장님이 중간에 일을 잘 커트해 주기만 했어도 제가 〈나의 독립 도전기〉에 출연하는 일은 벌어지지 않았을 거 아니에요!"

하수아의 억지에 정호가 휴, 하고 한숨을 쉬고 대꾸했다.

"네가 혼자 해낼 수 있다고 했던 거 아니었냐……?"

갑작스럽게 연락을 받은 정호로서는 날벼락이나 다름없는 상황이었다.

하수아의 요구가 너무나도 어처구니가 없었다.

하수아는 정호에게 실책을 물으며 자신의 장사를 도우라고 말하고 있는 중이었다.

정호가 적극적으로 말렸다면 〈나의 독립 도전기〉의 출연을 결정하지 않았을 거라는 이유를 들며 말이다.

"그…… 그건…… 어쨌든 몰라요! 부장님이 책임져요. 진짜 부장님이 말렸으면 나 피디님의 유혹에 홀랑 넘어가 〈나의 독립 도전기〉에 출연하는 일은 벌어지지 않았을 거라니까요?"

"휴……."

정호가 다시 한 번 한숨을 쉬었다.

무엇을 원하는지 모르겠지만 하수아의 억지가 오늘따라 유난히 심했다.

하도 억지가 심해서 하수아의 요구를 논리적으로 거부

매니지
먼트의
제왕 4

하는 것 자체가 쉽지 않았다.

아예 남이라면 생떼를 부리든 말든 어렵지 않게 거절을 할 텐데 정호에게 있어서 밀키웨이의 멤버들은 모두 친동생 같은 존재였다.

이런 식으로 나오면 여러모로 곤란했다.

'무논리가 가장 무섭다더니…… 휴…….'

정호가 속으로 세 번째 한숨을 쉬며 대답했다.

"알았어. 어디로 가면 돼?"

정호와의 전화를 끝내자마자 하수아가 하늘을 향해 오른손 주먹을 꼭 쥐고 내질렀다.

"아싸!"

기분이 좋을 수밖에 없었다.

하수아의 입장에서는 정호만큼 좋은 카드는 없었다.

하수아가 실실, 웃으며 속으로 생각했다.

'흐흐흐…… 부장님이라면 알바생으로 쓰기에 가장 최적화된 사람이다……. 내 입으로 이런 말을 하긴 좀 민망하지만…… 내가 장사를 한다면 분명 많은 사람들이 몰릴 거야……. 그 많은 사람들을 커버하기 위해서는 당연히 알바생 하나는 필요하지……. 그 알바생이 홍보에 도움이 된다면 무척이나 좋고……. 이런 점에서 우리 부장님만큼 조건에 들어맞는 사람은 없다……!'

하수아는 집세 마련을 위한 장사를 기획하고 있었다.

푸드 트럭을 대여하여 어릴 적부터 자주 해 먹었던 수제 버거와 함께 음료 몇 가지를 판매하여 집세를 마련할 생각이었다.

'특히 방송에서 가장 중요한 것은…… 화제성……! 부장님은 대중들에게 어느 정도 이름이 알려졌지만 아직 숨겨진 부분이 더 많은 사람이야……. 특히 지금까지 부장님이 쌓아올린 업적을 잘 포장해서 홍보만 할 수 있다면…… 흐흐흐…….'

정호를 알바생으로 사용한다는 생각은 늘 남들보다 엉뚱하고 한 발자국 앞서서 생각하는 하수아가 아니라면 떠올릴 수 없는 아이디어였다.

그런 탓에 정호도 예상치 못한 상황에 약간 당황을 하며 하수아의 요청을 수락한 것도 있었다.

하수아가 속으로 웃으며 생각했다.

'흐흐흐…… 재밌겠다……!'

하수아의 생각은 분명 옳은 부분이 있었다.

하지만 일은 하수아의 생각처럼 쉽게 풀리지만은 않았다.

하수아는 결국 방송에만 특화된, 세상 물정 모르는 어린애에 불과했다.

하수아의 자취방에 도착한 정호가 경악을 하며 물었다.

"이걸 전부 우리 두 사람이 준비한다고?"

정호가 눈앞에 널브러져 있는 엄청난 양의 재료들을 보며 이마를 감싸쥐었다.

그러고는 생각했다.

'내가 바보지…….'

하수아에게 그럴듯한 계획이 있을 거라고 굳게 믿은 것이 잘못이었다.

방송 쪽에서는 곧잘 탁월한 센스를 발휘하는 하수아였기 때문에 정호는 하수아에게 방송을 살릴 만한 좋은 계획이 있을 거라고 생각했고 편한 마음으로 하수아의 자취방에 도착했다.

그러나 하수아의 자취방에 들어서자마자 자신이 간과한 부분이 있다는 걸 인정하지 않을 수 없었다.

'얘는 생각이 있는 걸까……?'

하수아의 자취방에는 딱 보기에도 100인분이 훌쩍 넘는 양의 재료가 널려 있었다.

놀라는 정호를 보며 하수아가 능글맞게 말했다.

"뭘 이런 걸 보고 놀라고 그래요. 겨우 이 정도를 가지고…… 솔직히 재료가 모자랄걸요? 슈퍼스타를 보고 사람들이 엄청나게 몰려들 테니깐…… 후후후……."

하수아의 말을 제대로 듣지도 않고 정호가 물었다.

"너 이 재료 전부 어디서 샀어? 아니, 그보다 이 재료를 살 돈이 어디 있었어?"

"돈은 제작진한테 빌렸어요. 제작진이 서비스로 재료 손질 도구도 사주고 재료를 여기까지 옮겨다주기까지 했다고요. 개이득."

하수아가 정호의 말에 대답하며 상큼한 미소를 지어 보였지만 반대로 정호는 하수아의 대답을 들으며 땅 밑이 꺼질 듯한 아득함을 느꼈다.

정호가 진지한 눈빛을 한 채 하수아에게 물었다.

정호의 눈빛이 심상치 않음을 느꼈는지 하수아도 덩달아 진지한 눈빛을 했다.

"너…… 이 많은 재료를 정말 우리 두 사람이 오늘 안에 전부 손질할 수 있다고 생각하는 건 아니겠지……?"

정호의 예상치 못한 질문에 하수아의 동공이 세차게 흔들렸다.

"둘이서 전부 못 해요……?"

고민 끝에 정호가 판단을 내렸다.

'이왕 여기까지 온 거……. 제대로 한번 이 방송을 살려 보자…….'

진단을 내린 정호가 바쁘게 전화를 돌리기 시작했다.

"어, 진모냐……? 미지, 연습실에 데려다 주고 바로 이쪽으로 와…….'

"수영아, 어디냐……?"

"새삼 또 무슨 연습이야……. 너 연습, 너무 많이 했어……."

"휴식기? 네가 잘 모르나 본데……. 노동보다 더 좋은 휴식은 없는 거야……."

정호가 긴급 소집한 사람들이 하수아의 자취방으로 몰려들었다.

그렇게 곽진모, 서수영, 지해른, 신유나가 재료 손질팀으로 합류했다.

곽진모가 대표로 엄청난 재료를 눈앞에 둔 채 물었다.

"이게 뭐죠……?"

정호가 담백하게 대꾸했다.

"뭐긴 뭐야. 당장 할 일이지. 어서 큰 대야에 양상추부터 담아서 옮겨. 이 작은 방에서 이걸 전부 손질할 수는 없으니깐."

청월의 매니저 셋, 연예인 셋.

누가 보면 사내 김장 행사인 줄 착각할 만한 장면이 카메라에 담기기 시작했다.

◇ ◆ ◇

재료 손질 장면은 정호가 그린 그림 그대로 카메라에 담겼다.

지해른은 재료 손질에는 전혀 소질이 없을 것 같았지만 순식간에 몰입하며 능숙하게 일을 해냈고 신유나는 불만 가득한 표정으로 느리지만 꾸준히 자신이 맡은 바 임무를 모두 클리어했으며 매니저 두 사람은 누구보다 발 빠르게 에이스로서 재료 손질 업무를 진두지휘했다.

그리고 하수아는 이렇게 바쁜 와중에도 쉬지 않고 사운드를 가득 채웠다.

"여러분! 슈우퍼스으타 하수아가 지금 슈우퍼빠알간 토마토를 자르고 있습니다아!"

정호는 그런 하수아의 말을 받아주고, 행동을 말리고, 재료 손질까지 하느라 정신이 없었다.

결국 정호가 참지 못하고 말했다.

"수아야, 조금 조용히 좀 일할 수 없니?"

"안 돼요! 요즘은 소통 방송이 대세라고요!"

"이건 채팅창이 보이는 파프리카 같은 개인 방송이 아니거든?"

"그래도 시청자 여러분들은 소통을 원한다고요!"

정호가 이런 식으로 한참 하수아와 만담을 하다가 슬쩍, 나 피디의 표정을 살폈다.

나 피디는 흐뭇한 표정으로 촬영장을 지켜보고 있었다.

방송이 잘 풀리고 있다는 증거였다.

저녁 시간이 다 되어서야 재료 손질이 끝났다.

재료 손질이 끝나자마자 정호는 재료 손질팀을 해산시켰다.

"다들 수고 많았어. 수영이랑 진모는 각자 유나랑 해른이 좀 집에 잘 데려다줘."

그렇게 재료 손질팀이 해산했고 정호와 하수아는 본격적으로 자리를 옮겨 장사를 시작했다.

대학가 근처 번화가에 판이 깔렸고 삽시간에 푸드 트럭으로 사람들이 몰렸다.

하나둘 모이는가 싶더니 어느새 〈나의 독립 도전기〉의 스태프들이 적극적으로 나서서 주변을 통제해야 할 정도의 인파였다.

"어서오세요, 손님!"

"주문하신 수제 버거 다섯 개랑 콜라 다섯 잔 나왔습니다."

장사를 시작한 지 몇 시간 만에 그 많던 재료들이 순식간에 소진됐다.

정말 가공할 정도의 속도였다.

몰려든 인원수에 비해 수제 버거를 만드는 속도가 너무 느려서 급히 푸드 트럭을 한 대 더 빌려와 〈나의 독립 도전기〉의 스태프들이 수제 버거를 구워야 했다.

"와…… 하수아!"

"예뻐요, 언니!"

"언니, 사랑해요. 이쪽 좀 봐주세요!"

"사인 좀 해주시면 안 되나요?"

"같이 사진 찍어 주세요!"

하지만 이 정신없는 상황에서도 하수아는 미소를 잃지 않고 손님을 응대했다.

"다 덤벼라! 다 덤벼! 후후후……."

전쟁 같던 장사가 간신히 끝이 났다.

하수아가 마침내 푸드 트럭을 정리하고 정산을 시작했다.

"하나, 둘, 셋……."

정산을 끝낸 하수아가 만세를 불렀다.

"미쳤다아!"

하루 만에 320만 원이라는 거금을 벌어들였기 때문이었다.

정호도 옆에서 뿌듯한 웃음을 지었다.

정산이라는 말은 언제나 고생을 잊게 하는 묘약 같은 것이었다.

하지만 정산의 기쁨은 잠시였다.

가끔 때리고 싶을 정도로 얄미워지는 나 피디가 드디어 등판했다.

"그럼 진짜 정산을 시작하겠습니다."

하수아가 당황했다.

"예? 그게 무슨 소리예요?"

하지만 나 피디는 아랑곳하지 않고 자신이 할 말만 쭉 읊었다.

"푸드 트럭 두 대 대여료 및 원 재료값 150만 원, 스태프까지 포함한 인건비 140만 원을 제해서 수아 양이 벌어들인 순수익은…… 30만 원입니다."

"겨우 그것밖에 안 된다고요!? 제가 이 푸드 트럭의 사장인데 왜 30만 원밖에 못 가져가나요!?"

"원래 장사라는 게 그런 겁니다, 수아 양. 그리고 이게 끝이 아닙니다. 수아 양은 연예인이라는 직위를 이용하여 장사를 했음으로 순수익의 30퍼센트를 기부 사업에 사용하도록 하겠습니다. 9만 원 추가로 반납하세요."

나 피디의 결정적인 한마디를 듣고 방금 전까지만 해도 만세를 부르며 좋아하던 하수아가 철퍼덕 자리에 주저앉았다.

"돈 벌기가 이렇게 힘들다니……. 이건 꿈이야……. 이건 꿈일 거야……."

〈나의 독립 도전기〉는 첫 방송부터 엄청난 반향을 일으켰다.

일단 출연자부터가 눈길을 끌었다.

예능계에 확실히 자리를 잡은 하수아가 메인이라는 점만으로도 메리트가 대단했는데 첫 방송부터 밀키웨이의 모든 멤버들과 황성우가 등장을 했으니 이미 어느 정도의 시청률은 보장될 수밖에 없었다.

심지어 재료 손질의 비화가 담긴 2화에서는 예능에서는 좀처럼 보기 힘든 신유나와 지해른이 하수아만큼이나 전면에 나선 상황이었다.

쉽게 말해서 이건 방송이 어지간히 재미없지 않는 한 성공이 보장됐다는 뜻이나 다름없었다.

뿐만 아니라 현실성을 내세운 나 피디 특유의 방송 포맷도 엄청난 재미의 요소로 작용했다.

회차를 거듭해도 하수아의 삶이 쉽게 나아지지 않는다는 사실이 시청자들의 공감대를 건드린 것이었다.

특히 하수아가 엄청난 재료로 손질하여 장사를 성공적으로 끝마쳤음에도 불구하고 겨우 21만 원만을 손에 쥐는 장면은 순간 시청률이 17퍼센트까지 치솟을 정도로 화제 몰이를 했다.

[아ㅋㅋㅋㅋ 하수아ㅋㅋㅋ 뭐냐ㅋㅋㅋ]

[ㅋㅋㅋ괜히 독립했다가 파산ㅋㅋㅋㅋ 집 떠나면 개고생ㅋㅋㅋㅋㅋ]

[그래도 저 정도면 하루 수입치고는 짭짤한 거지ㅋㅋㅋㅋ 요즘 자영업자들 사정 다들 모르시나ㅋㅋㅋ]

[현실성 개쩐다ㅋㅋㅋ 이러다가 우리 수아 굶는 거 아니냐?ㅋㅋㅋㅋㅋㅋ]

[솔직히 너무 세상 물정 모르고 자꾸 사람들 불러 모아서 일 시켜서 짜증났는데ㅋㅋㅋㅋ 완전 사이다ㅋㅋㅋ]

[인성 뭐지?ㅋㅋ 하수아가 세상 물정 모르고 다른 사람의 도움을 받아서 짜증난다고?ㅋㅋㅋㅋ 아니ㅋㅋ 연예인을 떠나서 저 나이 정도면 세상 물정 모르는 거 당연하고 친구 도움을 받는 거 당연한 거 아님?ㅋㅋㅋㅋㅋ]

[ㅋㅋㅋㅋㅋ유니버스 딥빡ㅋㅋㅋ]

[사이다이긴 했음ㅋㅋㅋㅋ 하수아에게 짜증난 것도 있었지만 연예인이라고 방송에서 쉽게 장사하고 이러는 거 솔직히 조금 싫었음ㅋㅋㅋㅋ]

[수아야ㅋㅋㅋㅋ 정말 넌 예능만큼은 최고구나ㅋㅋㅋㅋㅋㅋ]

혹평이 없지는 않았지만 분명한 것은 〈나의 독립 도전기〉를 통해 하수아가 무수한 개인 팬덤을 형성하기 시작했다는 사실이었다.

〈임식당〉 이후에도 개인 팬이 많이 생기긴 했지만 이 정도로 많은 사람들이 하수아에게 열광을 하는 정도는 아니었다.

하지만 이번만큼은 대한민국이 들썩이며 하수아에 열광했다.

하수아 특유의 밝은 모습과 빛나는 외모, 그리고 현실적인 상황이 만들어낸 효과였다.

〈나의 독립 도전기〉는 결국 5화, 6화를 지나며 '여신의 일반인 체험 좌절기'라는 별명까지 얻었다.

가히 폭발적인 반응이었다.

게다가 여기서 끝이 아니었다.

정호도 덩달아 이 인기에 편승하여 자신의 이름을 알렸다.

하수아는 자신에게 문제가 생길 때마다 무논리로 생떼를 쓰며 정호를 찾았기 때문에 정호가 점점 〈나의 독립 도전기〉에 출연하는 횟수 잦아졌고 그중에서도 7화 방송분에서 정호가 지금껏 쌓아온 업적들이 하수아의 입을 통해 공개되면서 정호는 엄청난 인기를 구가했다.

방송용으로 적당한 수준에서만 업적을 공개한 것이었지만 그것만으로도 충분했다.

어느새 정호는 준연예인급의 인기를 얻고 있었다.

정호는 자신을 향한 시청자들의 열렬한 댓글을 확인하며 생각했다.

'어쩌다가 이렇게 된 거지…….'

특히 정호는 자신을 '알바생 오정호'라는 다소 친숙한 별명을 부르는 댓글들을 보면서 몸서리를 쳤다.

'내가 그래도 한 회사의 부장인데 알바생이라니……. 역시 나는 방송이 정말 싫다…….'

하지만 정호의 생각과는 달리 이 인기는 이후 정호에게 큰 도움을 될 예정이었다.

정호도 모르는 사이 정호에게는 문화 전반에 영향력을 행사하는 친숙한 인물이라는 이미지가 쌓이고 있었다.

매니지
먼트
제왕

20장. 휴식과 면담

　하수아는 〈나의 독립 도전기〉에서 20화를 끝으로 하차
했다.

　20화까지 〈나의 독립 도전기〉는 15퍼센트대의 높은 시
청률을 기록했다.

　하지만 나 피디는 더 이상 〈나의 독립 도전기〉의 방송을
이어 나가는 것은 무리라고 생각했다.

　이게 나 피디의 방식이었다.

　보통의 예능은 '박수 칠 때 떠나라.' 라는 말이 통용되지
않지만 나 피디만큼은 그 말이 통용될 수 있게 하는 사람이
었다.

　언젠가 하수아가 이 부분에 대해서 정호에게 물은 적이

있었다.

"부장님, 어째서 나 피디님은 자꾸 잘되는 예능을 종방 시키는 걸까요?"

"그게 나 피디의 신념이니깐."

"신념이요?"

"응. 박수 칠 때 떠날 수 없는 예능을 박수 칠 때 떠날 수 있게 만드는 것, 대한민국 대표 피디라고 할 수 있는 한 사람으로서 수많은 피디와 출연자들에게 시청률에 대한 부담을 안기지 않는 것, 이게 바로 나 피디가 바라는 예능의 미래인 거야."

"아⋯⋯."

이번에도 마찬가지였다.

나 피디는 〈나의 독립 도전기〉의 방송을 20화로 끝낼 생각이었고 하수아도 이런 나 피디의 생각에 동의했다.

하지만 방송국 측에서 나 피디의 종방을 거부했다.

오히려 나 피디에게 더 높은 연봉을 제시하며 〈나의 독립 도전기〉를 출연자만 바꿔서 계속 이어 나가자고 말했다.

tvM의 예능 국장이 나 피디를 불러다놓고 물었다.

"어때요, 나 피디?"

나 피디는 두 번 생각할 것도 없다는 듯 단호하게 대답했다.

"싫습니다."

"예?"

"싫다고요. 〈나의 독립 도전기〉의 종방을 거부하신다면 저는 〈나의 독립 도전기〉에서 하차하도록 하겠습니다. 출연자는 물론 피디도 다른 사람을 써주세요."

그렇게 나 피디와 하수아가 하차를 했고 〈나의 독립 도전기〉는 새로운 출연진과 새로운 피디의 합류로 같지만 조금 다른 방송이 됐다.

그와 동시에 시청률도 이전 시청률의 절반에 가까운 7퍼센트대로 하락했다.

그건 역설적으로 나 피디와 하수아의 능력을 대변하는 수치였다.

프로그램 하차와 함께 20화 출연에 대한 정산을 받은 하수아는 휴식기에 돌입했다.

보통의 휴식기라면 해외여행을 다녀오는 게 보통이었지만 하수아의 휴식기 활용법은 달랐다.

경기도 소재의 어느 도시.

그 도시에서 하수아는 어느 건물의 완공식에 참가하고 있었다.

10층으로 쌓아올린 세련된 새 건물 앞에서 하수아가 탄식을 질렀다.

"와아! 드디어 완성이닷!"

그러고는 옆에 서서 하수아와 함께 완공식을 지켜보고

있던 아이들을 향해 외쳤다.

"애들아, 뛰어! 우리가 이 건물을 접수한다!"

하수아가 먼저 와아아아, 하고 소리를 지르며 새 건물을 향해 뛰었고 나이도, 키도, 성별도 다른 아이들이 하수아를 뒤쫓았다.

한 걸음 뒤에서 그 모습을 지켜보던 정호가 흐뭇한 표정을 지은 채 누군가에게 말을 걸었다.

"수아가 드디어 해냈네요, 원장님."

정호가 말을 건 상대는 다름 아닌 하수아가 데려간 수많은 아이들의 엄마로 불리는 이 고아원의 원장이었다.

원장은 양쪽 눈 밑으로 흐르는 눈물을 닦으며 정호의 말에 대답했다.

"수아 양은 정말 천사예요……. 이 고아원에 내려준 진정한 의미의 천사……."

이것이었다.

하수아가 악착같이 돈을 모아온 이유.

생떼와 무논리로 방송의 흥행을 부르짖었던 이유.

이 모든 이유가 바로 10층짜리 저 건물에 있었다.

정호가 원장의 눈물을 가만히 지켜보며 생각했다.

'수아가 여러모로 노력했지……. 어느 날 갑자기 고아원을 후원하고 싶다고 말했을 때도 놀랐지만 고아원을 위해 누구보다 적극적으로 고아원 일에 나서기 시작했을 때는 더더욱 놀랄 수밖에 없었어…….'

시작은 어느 예능 프로그램을 통해 우연히 체험한 봉사였다.

하수아는 이 프로그램에서 단발성으로 봉사를 하는 수많은 출연진 중 하나일 뿐이었다.

하지만 봉사를 하며 어느새 고아원 아이들과 정이 들어 버린 하수아는 언젠가부터 정기적으로 고아원에 출입하기 시작했고 끝내 눈앞의 건물을 세우기에 이르렀다.

다섯 살 난 여자아이들과 사이좋게 손을 잡고 새 건물을 둘러보고 있는 하수아를 보며 정호가 생각했다.

'생떼를 부리지 않고 좋은 일을 했다면 더 좋았겠지만 아직은 애니깐. 더 좋아질 거다. 지금보다 더.'

정호는 천천히 뒤로 한 발자국씩 걸었다.

하나, 둘, 셋, 넷, 다섯.

딱 다섯 발자국을 걷자 겉모습에서부터 비교가 되는 두 채의 건물이 한눈에 들어왔다.

왼쪽은 고아원의 오래된 건물이었고 오른쪽은 하수아가 그간 모아온 돈으로 올린 새 건물이었다.

두 건물을 한눈에 보니 정호는 새삼 하수아의 노력이 다시 한 번 느껴졌다.

정호가 고개를 천천히 끄덕였다.

'고생했다……. 정말 고생했어…….'

하수아의 휴식기가 진행됨에 따라 정호도 잠깐의 여유를 가졌다.

총괄매니지먼트부 3팀 자체가 체계적이면서도 순조롭게 잘 굴러가고 있었기 때문에 정호로서는 여유가 있을 수밖에 없었다.

하지만 일중독에 빠져 있는 정호로서는 지금의 여유가 달갑지만은 않았다.

몸이 근질근질했기 때문이었다.

정호가 속으로 생각했다.

'길거리 캐스팅을 하러 홍대나 혜화로 나가볼까? 아니야. 그건 지난 2주간 충분히 했다. 2주나 블루 도넛과 같은 새로운 인물을 만나지 못했다면 이 시기에 그런 인물은 없다고 봐야 해. 그럼 태준이한테 전화를 해서 뉴 아트 필름의 대본을 보내 달라고 할까? 전화나 한번 해봐야겠다.'

정호는 곧바로 황태준에게 전화를 걸었다.

잠깐 황태준과 안부 인사를 나누고 정호가 즉각 본론으로 들어갔다.

"어때? 괜찮은 새 대본 있어?"

황태준이 대답했다.

"3일 전에 대본 가져가시고 또 달라고 하시는 거예요? 부장님…… 무슨 감독들이나 작가들이 대본 쓰는 기계도 아니고 대본을 어떻게 그리 빨리 쓸 수 있겠어요……."

"그럼 없어? 이거 곤란한데……."

"부장님, 좀 쉬기도 하고 그러세요. 너무 일만 하는 거 같다고요. 제가 저번에도 말씀……."

정호는 괜히 황태준에게 전화를 걸었다가 잔소리만 들었다.

하지만 황태준의 잔소리는 정호 입장에서 '쇠귀에 경 읽기'일 뿐이었다.

황태준과의 전화를 끊자마자 정호가 생각했다.

'새 대본을 아직도 완성하지 못했다니……. 역시나 작가들은 게으른 족속들인가……. 그럼 뭘 해야 할까……. 다른 애들 스케줄이나 따라다녀 볼까……?'

정호는 이번에 곽진모에게 전화를 걸었다.

"진모야, 너 지금 타이탄 애들이랑 같이 있지?"

곽진모는 이번 주부터 총 4개국을 돌며 아시아 투어를 할 타이탄의 백업을 하는 중이었다.

곽진모의 입사 동기인 안효은, 백찬우라는 총괄매니저면 트부 3팀 소속의 매니저가 있었지만 타이탄의 팬덤이 무척이나 커져서 둘만으로는 커버가 안 되는 상황이었다.

타이탄 자체의 멤버 수가 많다는 것도 문제였고.

"네, 그런데요?"

"비행기 출발 안 했지?"

"아직 안 하기는 했는데…… 왜요?"

"아니, 나도 같이 아시아 투어 좀 할까 싶어서."

정호의 말에 곽진모가 곤란해했다.

"저기요, 부장님…… 저 비행기 안이에요……. 비행기 곧 이륙한다고요……."

"괜찮아. 다음 비행기 찾아서 타고 가면 돼."

"어…… 꼭 오셔야겠어요……? 이번에는 숙소도 인원수에 맞춰서 타이트하게 잡았는데……."

"괜찮아. 숙소는 더 잡으면 돼."

결국 곽진모가 여러 의미가 담긴 목소리로 정호를 불렀다.

"부장님……."

곽진모의 목소리에서 정호가 뭔가를 캐치하고 대답했다.

"좀 그렇니?"

"네……."

"그렇구나……."

결국 정호는 아시아 투어를 포기했다.

솔직히 몇 달 전부터 계획이 전부 짜인 아시아 투어에 갑자기 합류한다는 것 자체가 무리였다.

그걸 알기 때문에 정호도 순순히 물러났다.

'곧 비행기가 이륙할 상태만 아니며 슬쩍 끼어들어 보는 건데 아쉽군……. 그나저나 오늘은 같이 밥 먹자는 방송국

측 고위급 인사분들도 없고…… 정말 심심한데…….'

혹시나 하는 마음에 정 이사에게 전화를 걸려다가 정호는 전화기를 도로 내려놨다.

정 이사가 오랜만에 가족들이랑 휴가를 갔다는 사실을 뒤늦게 깨달았기 때문이었다.

'뭘 해야 할까……. 애들이 전체적으로 개인 스케줄도 소화하지 않고 휴식기에 돌입하니 더 할 게 없…… 아……!'

그때 정호의 머릿속으로 번뜩 아이디어 하나가 떠올랐다.

무료함을 이겨낼 단비 같은 아이디어였다.

◇ ◆ ◇

정호의 아이디어는 바로 면담이었다.

'이번 기회에 애들의 고민도 들어주고 평소에 해주지 못했던 말도 하고 그러면 좋겠지…….'

이건 억지로 덧붙인 이유에 불과했다.

정호가 면담을 진행하는 진짜 이유는 일을 하고 싶기 때문이었다.

가장 먼저 정호 앞에는 오서연이 앉아 있었다.

오서연은 최근 한 달간의 금주령을 어기고 몰래 술을 퍼마시다가 걸려서 3개월 추가 금주 처분을 받은 상태였다.

오서연이 세상을 모두 잃은 표정으로 앉아서 정호에게
물었다.

"왜…… 불렀어요……?"

"별거는 아니고 간단히 대화를 좀 나눠볼까 해서 불렀
어. 요즘 고민 없니?"

멍하니 땅바닥을 내려다보고 있던 오서연이 정호의 얼굴
을 마주보며 말했다.

"술……."

"술? 술이 뭐?"

"먹고 싶어…… 요…….."

정호는 오서연의 입이 더 열리기를 기다렸지만 오서연은
더 이상 입을 열지 않았다.

"설마 그게 끝이니?"

정호의 물음에 오서연은 대답 대신 고개만 끄덕였다.

"어…… 그래, 그럼……. 그만 나가봐……."

오서연이 좀비처럼 부장실 문을 통과해 나갔고 그렇게
정호의 첫 번째 면담은 끝이 났다.

정호는 괜히 자신까지도 기운이 빠지는 듯한 느낌을 받
았다.

두 번째 면담 대상자는 블루 도넛이었다.

권채아, 감동우, 천중완, 안소찬이 정호 앞에 둘러앉아
있었다.

정호가 네 사람을 찬찬히 쳐다보다가 물었다.

"첫 휴식인데 어때? 다들 잘 지내고 있지?"

블루 도넛은 최근까지도 하루도 빠짐없이 열띤 공연을 펼쳤다.

홍대에 국한되었던 공연에서 벗어나 방송 무대부터 각종 소규모 행사 무대까지 섭렵했다.

그 결과, 한동안 대한민국 가요계에는 블루 도넛의 열풍이 불었다.

하지만 계속 일을 할 수는 없는 법이었고 정호는 블루 도넛에게 휴식기를 부여한 상태였다.

이에 따라 청월과의 계약 후, 블루 도넛은 첫 휴식기를 갖는 중이었다.

'지금껏 블루 도넛은 잘 따라와 줬다……. 이제 거의 내가 알던 블루 도넛의 완숙미가 느껴져…….'

정호는 속으로 이런 생각을 하며 질문의 대답을 기다렸다.

권채아가 정호의 물음에 답했다.

"저흰 잘 지내고 있어요……. 다만……."

"다만?"

"공연이 다시 하고 싶어요……. 좀이 쑤셔서 못 살겠어요……."

권채아의 말에 블루 도넛의 다른 멤버들도 호응했다.

"맞아요, 다시 일하고 싶어요!"

"일하게 해주세요!"

"열심히 하겠습니다!"

정호가 고개를 절레절레 저으며 대꾸했다.

"쉬는 것도 일인 거 몰라? 도대체 누굴 보고 배웠길래 이렇게 일중독인지 참……."

정호의 중얼거림에 블루 도넛의 멤버들이 정호를 빤히 쳐다봤다.

시선의 의미를 깨달은 정호가 헛기침을 했다.

"큼큼……. 어쨌든 한동안 공연은 없어! 다들 최선을 다해서 쉬도록 해!"

어느새 담당 매니저를 닮아 일중독에 빠져버린 블루 도넛의 멤버들을 대표해서 권채아가 불만 가득한 목소리로 말했다.

"너무해요!"

총괄매니지먼트부 3팀에 소속된 다른 연예인들의 면담도 쭉 이어졌다.

신유나와는 곧 진행 예정인 다음 솔로 앨범 계획에 대해서 허심탄회하게 이야기를 풀어봤고 하수아와는 〈나의 독립 도전기〉에 출연하며 정호가 느꼈던 부분에 대해서 말을 하며 다음부터는 조금 더 어른스러운 태도를 가질 것을 요구했다.

지해른과는 작품을 고르는 안목에 대한 이야기를 나눴고 끝으로 유미지와의 면담이 시작됐다.

유미지의 고민은 '한정적인 활동 범위'였다.

'다들 고민이 없어 보였는데…… 내가 무심했던 모양이군……. 가장 어른스러운 미지마저도 이런 고민을 가지고 있는데…….'

유미지는 밀키웨이의 다른 멤버들에 비해 자신의 활동 범위가 무척이나 좁고 한정적이라는 생각을 하고 있었다.

"다들 앞서 나가는데 저만 멈춰 있는 기분이랄까요……?"

정호도 유미지의 고민에 공감할 수 있었다.

원래 밀키웨이의 데뷔 초반에는 유미지의 인지도가 가장 높았다.

엄청난 혹평을 받긴 했지만 어쨌든 〈내 사랑 티라미수〉를 통해 이름을 충분히 알린 상태였으니 가장 인지도가 높을 수밖에 없었다.

하지만 유미지가 본격적으로 뮤지컬계에서 활동하면서 상황이 많이 바뀌었다.

유미지는 뮤지컬계에서 생태계 교란종으로 구분될 정도로 맹활약 중이었지만 확실히 방송 출연 횟수 자체가 다른 멤버들에 비해 적은 편이었다.

그러다 보니 밀키웨이의 다른 멤버들에 비해 인지도도 많이 낮아진 면이 없지 않았다.

특히 가장 인지도가 낮았던 오서연이 〈낫프리티 랩스타〉와 〈쇼 미 더 패닉〉을 통해서 이름을 알리면서 밀키웨이 내 유미지의 인지도는 거의 마지막으로 밀려났다고 할 수 있는 상황이었다.

"잠깐 뮤지컬을 포기하고 수아처럼 예능에만 전념해 볼까 생각도 했어요……. 하지만 그러지 못하겠더라고요……. 이미 뮤지컬을 너무 좋아하게 돼버려서……."

유미지가 우울해하며 고개를 푹 숙였고 정호가 유미지의 고민을 감싸주기 위해 입을 열려는 찰나였다.

하루 종일 조용하던 정호의 부장실 전화기가 울렸다.

"미안해, 미지야. 전화 좀 받을게."

"네, 괜찮아요."

유미지의 양해를 구하며 정호가 전화를 받았다.

"네, 전화받았습니다. 총괄매니지먼트부 3팀 오정호입니다."

전화기 너머로 이제 정호에게는 익숙해진 영어가 흘러나왔다.

"거기 유미지 양의 소속사죠? 저는 브로드웨이판 〈미스 하노이〉의 연출을 맡고 있는 조지 위즈덤입니다."

오랜만에 울린 전화기는 정호에게 좋은 소식을 전해줄 예정이었다.

다시 마법이 시작되고 있었다.

21장. 수정 대본

뜻밖에 놀라운 제의였다.

세계 4대 뮤지컬 중 하나로 꼽히는 〈미스 하노이〉 측에서 전화를 걸어왔다는 사실만으로도 놀라운데 브로드웨이란다.

심지어 조지 위즈덤은 전화를 통해 유미지를 브로드웨이판 〈미스 하노이〉의 차기 주연 배우로 점찍었다고 순순히 고백하고 있었다.

"밀키웨이의 팬입니다. 〈미스 하노이〉에 대한 이해를 높이기 위해 찾은 베트남에서 우연히 길거리에서 밀키웨이의 노래를 듣게 됐고…… 그 자리에서 팬이 되었습니다."

생각지도 못한 우연이었다.

하지만 우연은 단순히 우연으로 끝나지 않았다.

조지 위즈덤이 계속 말을 이어 나갔다.

"그 이후 유미지 양이 뮤지컬을 도전하고 있다는 얘기를 들었습니다. 당장 관련 영상을 찾아봤죠. 굉장하더군요. 동시에…… 어떤 운명 같은 것을 느꼈습니다. 그래서 바쁜 와중에도 짧게 시간을 내서 한국으로 가 유미지 양의 공연을 직접 관람도 했습니다."

조지 위즈덤이 약간 흥분했다.

"한국에서 공연을 보는 내내 한국말을 못함에도 불구하고 유미지 양의 연기에서 한시도 눈을 떼지 못했습니다. 너무나 놀라웠거든요! 그 순간 확신했죠. 운명이 맞다…… 이건 운명이 분명하다……! 그래서 지금 단도직입적으로 말하고 싶습니다. 저는 유미지 양의 캐스팅을 원합니다. 유미지 양을 데리고 뉴욕으로 와주십시오!"

조지 위즈덤의 모든 말들에서 진심이 느껴졌다.

동시에 스태프들과 함께 간단한 오디션을 통해 유미지를 한 번 더 평가하고 싶다고 말했지만 긍정적인 뉘앙스가 가득했기 때문에 오디션은 허례에 불과하다는 사실을 알 수 있었다.

뉴욕으로 가기만 한다면 유미지의 〈미스 하노이〉 출연은 확정적이었다.

정호는 그렇게 판단을 내렸다.

하지만 당장 답변을 줄 수는 없었다.

〈미스 하노이〉의 내용을 떠올리는 순간, 고려해야 할 사항이 많다는 걸 깨달을 수밖에 없었다.

정호가 조지 위즈덤에게 담담함을 가장하며 말했다.

"당장 대답을 드리기 어려울 것 같군요. 하지만 좋은 기회라는 건 충분히 알겠습니다. 최대한 빨리 정리해서 빠른 시일 내에 답변을 드리도록 하겠습니다."

약간 흥분을 했던 조지 위즈덤이 침착함을 되찾았는지 정중하게 답변했다.

"물론이죠. 부탁드립니다."

전화가 끊어졌고 정호는 그 자리에 서서 생각했다.

'그나저나 부장실로 전화만 오면 자꾸 새로운 일이 생겨나는 느낌이야⋯⋯. 착각인가⋯⋯?'

정호는 이런 생각을 하며 옆에서 면담의 재개를 기다리고 있는 유미지에게 말을 걸었다.

"미지야, 방금 엄청난 일이 벌어졌다."

유미지가 눈을 동그랗게 뜨며 되물었다.

"네? 그게 갑자기 무슨 소리예요?"

정호는 장난스런 얼굴로 말했다.

"너 지금 활동 범위가 너무 한정적인 게 고민이라고 그랬지?"

"뭐, 그랬죠⋯⋯."

"방금 뉴욕에서 전화가 왔어. 널 〈미스 하노이〉에 캐스팅하고 싶대."

◇ ◆ ◇

유미지의 심장이 두근거렸다.

분명 기쁜 소식이었다.

브로드웨이라는 커다란 무대에서 뮤지컬 캐스팅 제안을 해온 것 자체가 엄청난 일이었고 대단한 일이었다.

하지만 유미지는 금세 침착해졌다.

이건 그냥 단순히 접근할 수 있는 일이 아니었다.

정호도, 유미지도 이 부분을 알고 있었다.

유미지가 마치 "부장님, 어쩌죠?" 하고 묻는 듯 정호를 바라봤고 정호가 생각했다.

'〈미스 하노이〉의 핵심적인 문제는 모든 이야기가 서양인 중심으로 그려졌다는 사실이다. 결국 아시아를 대표하는 걸 그룹 밀키웨이의 리더가 〈미스 하노이〉에 출연한다는 건 상징성부터 문제가 생긴다……'

서양인의 작품이니 서양인의 시선으로 그려지는 것은 당연했다.

하지만 그 시선에 동양인에 대한 적나라한 편견이 드러난다는 게 커다란 문제로 작용했다.

이 문제로 수많은 다른 문제들이 잔가지처럼 뻗어 나왔다.

'먼저 미지의 몰입……'

같은 동양인으로서 조금만 생각이 깨어 있다면 〈미스 하노이〉에 출연하는 것은 쉽지 않았다.

〈미스 하노이〉에 조금이라도 반감이 있다면 베트남 여성인 킴의 배역을 온전히 소화할 수 없을 것이 분명했다.

'서양인의 시선으로 그려졌다는 게 너무나도 노골적이니깐. 평소 어른스럽고 생각이 깊은 미지가 이 부분을 놓칠 리가 없다. 이것만으로도 연기의 난이도가 상당해진다.'

이외에도 고려해야 할 부분이 많았다.

베트남 전쟁을 둘러싼 동아시아의 시선과 전쟁 미화, 극중에 등장하는 혼혈아를 대하는 태도에 관한 문제, 베트남 자체를 사창가로 비하하는 일련의 장면들, 서양인 내부에 내제된 동양인에 대한 반감 등 〈미스 하노이〉의 출연은 고민거리의 연속이었다.

'이 문제를 모두 해결할 수는 없다. 일단 미지의 생각을 들어보자. 미지의 출연 의사가 확고하다면 그때부터 문제 해결을 논하면 된다.'

정호는 생각 끝에 유미지의 생각부터 들어보기로 했다.

정호가 유미지에게 물었다.

"어떠니, 미지야? 너도 읽어봤다시피 〈미스 하노이〉는 서양인 중심적으로 그려지며 동양인에 차별과 불쾌한 시선들이 곳곳에 스며들어 있어. 그렇기 때문에 고려해야 할 문제들이 굉장히 많을 거야. 그래도 〈미스 하노이〉에 출연할 생각이니?"

정호의 질문에 유미지가 망설였다.

뭔가를 골똘히 생각하는 것 같았다.

정호는 그런 유미지를 차분히 기다려 줬다.

정호로서는 당연한 일이었다.

담당 연예인이 원하는 일은 하지 않는 게 정호의 방식이었기 때문이었다.

한참 후, 마침내 유미지의 입이 열렸다.

"도전해 보고 싶어요. 하지만…… 그냥은 아니에요."

정호가 되물었다.

"그냥은 아니라니?"

유미지가 확고함이 담긴 눈빛으로 말했다.

"제 능력으로 색다른 〈미스 하노이〉를 만들어 보고 싶어요."

유미지의 다짐 하나.

이게 모든 이야기의 시작이었다.

일주일 후.

유미지는 정 감독과 함께했던 이번 작품의 마지막의 공연을 관객들에게 선보였다.

성공적으로 마지막 공연을 마쳤고 그날부터 본격적으로 〈미스 하노이〉의 주인공인 킴의 배역을 연습하기 시작했다.

그사이 정호는 조지 위즈덤에게 전화를 걸어 다음 달에 정식으로 오디션을 보러 가도 되냐고 물었다.

조지 위즈덤은 흔쾌히 허락했다.

최대한 빨리 유미지를 만나보고 싶어 하면서도 이쪽의 스케줄이 바쁘다는 정호의 설명을 받아들였다.

"너무 오래 기다리게는 하지 말아주세요. 저희에게는 유미지 양이 반드시 필요하니까요."

이런 당부를 할 정도로 조지 위즈덤은 유미지의 출연을 바라고 있었다.

정호는 조지 위즈덤에게 그러겠다고 대답했지만 속으로는 다른 생각을 했다.

'미지가 당신이 원하는 킴일지는 두고 봐야 할 겁니다……. 당신의 눈앞에는 전혀 색다른 킴이 나타날 테니까요…….'

다시 일주일이 지났고 정호는 한창 킴의 배역을 연습 중인 유미지에게 대본 하나를 건넸다.

"확인해봐. 정 감독이 너를 위해 2주간 밤을 새며 수정한 대본이야."

그건 〈미스 하노이〉의 새로운 대본이었다.

동양인에 대한 서양인의 편견과 불쾌한 시선을 제거한 바로 그런 대본.

정호와 유미지는 결론을 내렸다.

모든 문제의 핵심이 되는 것을 제거하기로.

그것은 바로 〈미스 하노이〉에서 나타나는 동양인에 대한 서양인의 편견이었다.

먼저 의견을 제시한 유미지의 말을 듣고 정호가 대답했다.

"미지, 네 생각이 뭔지 알겠어."

유미지가 살짝 불안해하며 물었다.

"가능할까요?"

"보통이라면 불가능하겠지."

"그렇군요……."

"하지만 걱정 마. 내가 가능하게 만들 테니깐."

정호는 발 빠르게 움직였다.

먼저 마지막 공연의 준비가 한창인 정 감독을 찾았다.

대한민국 땅에서 뮤지컬을 가장 잘 아는 사람이 정 감독이었기 때문이었다.

"오! 부장님! 오 부장님~ 오랜만입니다! 입술만큼이나 잇몸이 빨간 게 그동안 아주 잘 지내신 모양입니다."

정 감독이 특유의 스타일로 정호를 반겼다.

"오랜만이라기에는 저번 주에도 정 감독님과 식사를 한 기억이 있군요."

"그때라면 저도 기억하고 있죠! 다만 우리의 만남은 잊으세요. 그때 먹었던 스테이크만 기억하시라고요! 그때 먹은 그 스테이크보다 맛있는 스테이크는 존재하지 않으니까요. 인간은 좋은 기억을 조금 더 상세히 기억할 필요가 있습니다!"

더 이상 정 감독의 말을 받아주는 건 시간 낭비일 뿐이었다.

정호는 바로 본론으로 들어갔다.

"그럼 오랜만에 만난 정 감독님, 한 가지 부탁이 있습니다. 대본 수정 좀 부탁드려도 되겠습니까?"

정호는 정 감독에게 수정이 필요한 부분을 표시한 〈미스 하노이〉의 대본을 건넸다.

정 감독이 정호가 수정을 표시한 부분을 찬찬히 확인하더니 입을 열었다.

"역시 오 부장님은 잇몸의 색깔만이 놀라운 분이 아니에요. 확실합니다! 오 부장님은 엄청나요! 이 정도의 통찰력이면 당장 대본을 써도 되겠는데요?"

정호에게 통찰력이 있는 것은 사실이지만 창작 능력이 있는 것은 아니었다.

"저에게 대본을 쓸 능력 같은 건 없습니다. 미지 양이 새로 도전을 하게 될 뮤지컬입니다. 부탁드리겠습니다."

정 감독은 정호의 부탁을 유쾌하게 웃으며 받아들였다.

"하하하. 물론이죠. 제가 딸처럼 생각하는 미지 양의 성공을 위해서라면 내 오장육부를 할복을 해달라고 해도 그럴 겁니다. 할복의 필요한 칼은 역시 일본도겠죠. 혹시 오 부장님이 잘 아는 일본도가 있습니까?"

조금은 이상하지만 정 감독 나름의 승낙 표시였다.

다행히 정 감독은 차기작을 자신과 하지 않는다는 것에 큰 의미를 두지 않는 것 같았다.

'다행이군…….'

정 감독의 수정은 완벽했다.

대본을 확인한 유미지가 만족하며 말했다.

"정 감독이 섭섭해 하면서도 너무 감사하게도 이렇게 좋은 대본을 만들어주셨네요."

정호가 놀라며 되물었다.

"그게 섭섭해 한 거였어?"

"네. 몰랐어요? 막 할복 얘기를 반복하는 게 딱 봐도 엄청 섭섭해 하던데……."

정호는 유미지의 말을 들으며 고개를 절레절레 저었다.

함께 오래 작업을 한 두 사람만의 소통법이 있는 모양이었다.

정호로서는 평생 연구해도 정 감독의 감정을 읽는 것은 불가능하다는 판단이 들었기 때문에 서둘러 다른 곳으로 화제를 전환했다.

"어쨌든 대본은 마음에 드는 거지? 그럼 연습 시작해 보자. 이제 오디션까지 2주밖에 남지 않았어."

유미지가 고개를 끄덕이며 연습을 시작했다.

◇ ◆ ◇

2주 후.

브로드웨이에서는 유미지의 연기가 펼쳐졌다.

유미지는 정 감독이 수정해준 대로 〈미스 하노이〉의 연기를 펼쳐 보였다.

"지난 밤, 그를 봤네…… 내 품에 잠들어 뭐라고 말을 했네…… 그가 부른 이름은 킴……"

정호가 보기에는 완벽했다.

모든 연습을 지켜봤기 때문에 정호는 유미지의 연기가 어느 정도의 수준으로 펼쳐졌는지 단박에 알 수 있었다.

그리고 유미지가 브로드웨이에서 선보인 연기는 유미지의 최선이었다.

하지만 유미지의 연기를 지켜보고 있는 스태프들의 반응은 차가웠다.

오디션이 시작되기 전만 해도 유미지의 모든 것을 극찬하며 극진한 환영의 제스처를 보이던 조지 위즈덤마저도 눈빛이 서늘했다.

유미지의 연기가 끝나고 조지 위즈덤이 참지 못하겠다는 듯 입을 열었다.

"어째서 대본을 고친 겁니까?"

매니지 먼트 제왕

22장. 그를 기다리며

연기를 마치고 자리에 선 유미지는 살짝 놀랐다.

예상한 것보다 반응이 훨씬 부정적이었다.

어느 정도 반발이 있을 거라고 생각하긴 했지만 이 정도로 강한 반발이 있을 거라고 유미지로서는 전혀 상상하지 못했다.

하지만 유미지는 금세 정신을 차렸다.

그러고는 스스로를 다그쳤다.

'정신 차려, 유미지……! 신인 시절에는 더 심한 일도 겪었잖아……. 어느새 인기에 심취해서 초심을 잃어버린 거야……?'

문득 유미지는 등 뒤로 자신에게 신뢰의 눈빛을 보내는

정호의 따뜻한 시선을 느꼈다.

'그래, 유미지⋯⋯! 네 뒤에는 너에게 한없이 신뢰를 보내주는 사람이 있잖아⋯⋯. 계획대로 하자⋯⋯. 계획대로 하는 거야⋯⋯.'

유미지가 생각을 정리하는 사이 조지 위즈덤을 참을성을 잃고 입을 열었다.

"어서 설명해 주세요, 미지 양. 어째서 〈미스 하노이〉의 대본을 임의로 바꾼 것입니까?"

유미지가 서둘러 대답했다.

그건 사전에 이런 반응을 대비하여 정호와 입을 맞춰둔 설명이었다.

"제 꿈이니까요."

그런 뒤 심호흡을 하고 찬찬히 설명을 이어 나갔다.

"저는⋯⋯ 차별 없는 세상을 만들기 위해 대의명분을 세우고 당장 거리로 나가 운동을 하는 그런 사람은 아닙니다. 하지만 그렇다고 해서 제가 말하고 행동하는 것에 책임감을 느끼지 않는 사람도 아닙니다. 이게 가능할지 모르겠지만⋯⋯ 만약 이것이 가능하다면⋯⋯ 저는 누구도 상처를 주고 싶지 않아요. 저는 그렇기 때문에 이 마음을 담아서⋯⋯ 제 꿈을 담아서⋯⋯ 수정된 〈미스 하노이〉를 연기했습니다."

유미지의 말을 듣고 사람들의 표정이 한결 나아졌다.

그건 유미지 앞에 앉아 있는 사람들에게 유미지의 진심

이 전해졌기 때문이었다.

유미지는 그 모습을 확인하며 계속 말했다.

"〈미스 하노이〉가 얼마나 대단한 작품인지 알고 있습니다. 저에게는 대본을 읽으며 공부를 할 때 좋은 부분이 나오면 언제나 빨간 줄을 긋는 버릇이 있었는데 〈미스 하노이〉에 얼마나 많은 빨간 줄을 그었는지 모릅니다. 그만큼 〈미스 하노이〉가 위대한 작품이라는 걸 알고 있으며 또한 〈미스 하노이〉의 모든 스태프를 존중합니다."

잠시 심호흡을 한 유미지가 계속 자신의 진심을 이어 나갔다.

"다만…… 저는 꿈을 꾸고 싶었을 뿐입니다. 〈미스 하노이〉라는 명작을 다양한 비판에서 조금은 벗어나게 하는 꿈……. 동시에 〈미스 하노이〉 속의 킴과 어떤 다른 감정이 끼어들게 하지 않고 완벽하게 소통하는 꿈……. 저는 그런 꿈을 꾸고 있는 겁니다. 이런 꿈을 꾸고 있는 저를 뽑아 달라고 말하지 않겠습니다. 그렇다고 해서 〈미스 하노이〉를 바꿔 달라고 말할 생각도 아닙니다. 다만 이것만 알아주세요……. 동양의 작은 나라에는…… 〈미스 하노이〉라는 명작이 모든 사람들에게 사랑을 받는 꿈을 꾸고 있는 한 사람이 있다는 것을……. 이상입니다."

유미지는 여전히 자신에게 싸늘한 시선을 보내고 있는 사람들과 이제는 조금 호의적인 시선을 보내고 있는 사람들을 가만히 살펴봤다.

그중에서도 조지 위즈덤은 어느새 다시 유미지에게 호의적인 시선을 보내고 있었다.

동시에 조지 위즈덤의 시선에서는 약간의 감동도 느껴졌다.

하지만 복잡한 표정을 숨기지 못했다.

유미지를 당장 이 자리에서 캐스팅을 하고 싶어도 다른 스태프들의 의견을 들어봐야 했기 때문이었다.

조지 위즈덤은 한참 말을 고르다가 어렵게 입을 열었다.

"좋습니다, 미지 양. 당신의 생각은 잘 알았어요. 그럼 이제 돌아가 보세요. 캐스팅 결과는 추후 협의 후에 다시 발표해 드리도록 하겠습니다. 정말 수고하셨어요."

유미지는 고개를 숙인 뒤 오디션장을 빠져나갔다.

정호도 조지 위즈덤에게 인사를 건넨 뒤 유미지를 뒤따라 나갔다.

오디션장을 빠져나와서 얼마 지나지 않아 유미지가 그 자리에 주저앉았다.

"하아~"

유미지의 입에서는 한숨이 절로 나왔다.

그만큼 압박감이 심했다는 뜻이었다.

정호가 유미지의 등을 쓰다듬으며 말했다.

"괜찮아……. 괜찮아……."

잠시 숨을 고르던 유미지가 조금 괜찮아졌는지 정호를 올려다보며 말했다.

"부장님, 저 어땠어요?"

"대단했어⋯⋯. 단순히 하는 말이 아니야. 너는⋯⋯ 이미 내가 아는 유일한 킴이었어⋯⋯. 지금의 시간으로 다시 돌아온 진정한 의미의 킴⋯⋯."

정호의 칭찬을 듣고 유미지가 그제야 미소를 지었다.

"고마워요. 전부 부장님 덕분에 힘을 낼 수 있었어요."

◇ ◆ ◇

결과가 언제쯤 나올지는 알 수 없지만 혹시 몰라 일주일 정도 미국에서 머물 계획이었다.

이번 기회에 얼굴을 본 지 꽤 오래된 사람들도 만나고 해외 활동을 위한 앞으로의 업무 계획도 세워볼 요량이었다.

그렇게 정호가 유미지와 함께 숙소로 이동을 하려는데 닉 리먼드로부터 전화가 걸려 왔다.

전화를 받으며 반가운 목소리로 정호가 말했다.

"어쩐 일이에요, 닉? 제가 먼저 전화를 걸려고 했는데."

정호의 질문에 닉 리먼드가 특유의 장난기 어린 말투로 대답했다.

"어쩐 일이긴요. 오 부장님이 미국에 왔다는 소식을 듣고 전화를 걸었죠. 지금 어디예요? 제가 오 부장과 그 일행분을 위해 미리 숙소를 준비했답니다."

"아…… 호의는 고맙지만 괜찮습니다. 저흰 이미 뉴욕에 숙소를 잡았거든요. 그러지 말고 이번 주에 식사나 함께하기로 해요. 저와 함께 미국에 온 일행이 닉도 잘 아는 사람이거든요."

닉 리먼드가 기다렸다는 듯이 대꾸했다.

"유미지! 오 부장님과 온 분이 미지 양 맞죠?"

"어……? 어떻게 알았죠?"

정호가 살짝 놀라며 닉 리먼드가 순순히 상황을 설명했다.

"사실 이미 유나 양에게 전화로 얘기를 들었습니다. 친한 언니가 미국에 간다고 잘 좀 부탁한다고 하더군요. 뭔가 느낌이 오길래 누군지 물었더니 글쎄, 미지 양이 온다고 하더군요. 어찌나 놀랐는지."

"아…… 유나랑 통화를 하셨군요……. 유나가 친한 오빠를 잘 봐 달라는 얘긴 안 하던가요?"

"전혀요. 그냥 미지 양을 좀 잘 봐 달라고 거듭 부탁하더군요. 그래서 숙소도 준비하고 식사도 준비하고 모두가 기대하는 닉 리먼드표 재밌는 농담도 준비해 놨습니다."

자신에 대해서는 따로 언급을 안 했다는 말에 정호가 조금 차갑게 대답했다.

"근데 이거 어쩌죠? 정말 저희가 뉴욕에 숙소를 이미 잡았거든요."

닉 리먼드가 웃음기를 머금은 말투로 대꾸했다.

"그건 걱정 말아요. 정호를 깜짝 놀라게 하기 위해서 청월에 전화를 걸어 숙소를 취소해 달라고 했으니까요. 정 이사님……? 그분이 제 팬이라면서 일을 금세 처리해 주시더군요."

"허……."

정호의 입에서 자신도 모르게 탄식이 나왔을 때 옆으로 빵, 하는 클랙슨 소리가 울렸다.

클랙슨 소리를 낸 사람은 다름 아닌 제이미 존슨이었다.

정호와 유미지의 시선이 닿는 곳에서 제이미 존슨은 자신의 스킨헤드와 노란색 스포츠카를 한껏 뽐내고 있었다.

제이미 존슨의 스포츠카를 타고 저택에 도착한 정호와 유미지를 닉 리먼드가 반갑게 반겼다.

특히 닉 리먼드의 시선이 시종일관 유미지를 쫓았다.

"너무 신기하군요! 유나 양이랑 친해지면서 밀키웨이 멤버들이 익숙해졌다고 생각했는데 미지 양을 보니 정말 연예인을 보는 기분이에요."

정말 신기한 모양인지 닉 리먼드는 유미지에게서 한동안 눈을 떼지 못했다.

결국 제이미 존슨이 끼어들었다.

"닉, 조심하라고. 이번에도 실수로 사람의 얼굴을 눈빛으로 뚫어버리겠어."

"어이구, 실례를 하고 말았군. 죄송합니다."

그제야 닉 리먼드는 정신을 차렸고 그 이후로 계속 유미지와 친해지기 위해 적극적으로 행동했다.

그 노력이 빛을 발했다.

유미지도 닉 리먼드를 유쾌한 사람으로 받아들이고 친하게 지내려고 노력하기 시작했다.

덕분에 이어진 식사 시간도 화기애애해졌다.

닉 리먼드와 유미지가 신나게 농담을 주고받고 있을 때 제이미 존슨이 미디엄 레어로 구워진 채끝 스테이크를 썰으며 둘 사이에 끼어들었다.

"오늘따라 굉장히 기분이 좋아 보이는군, 닉. 어떤가, 미인을 앞에 둔 기분이? 막 설레는가?"

와인을 마시며 제이미 존슨의 얘기를 듣고 있던 닉 리먼드가 풉, 하고 도로 와인을 뿜었다.

닉 리먼드는 유미지에 사과를 한 뒤 제이미 존슨의 말에 대답했다

"제이미, 그런 오해하지 마. 지금 오 부장님의 표정이 날카로워진 거 안 보여? 나 그러다가 정말 죽는다고."

"그런가요, 오 부장님?"

제이미 존슨의 물음에 정호가 대답했다.

"다짜고짜 누군가를 죽일 생각은 없습니다. 어느 누구도요. 다만 닉의 마음이 진지하다면…… 저에게 반드시 허락을 구해야 할 겁니다."

닉 리먼드가 유미지의 눈치를 보며 정호를 향해 손사래를 쳤다.

확실히 제이미 존슨의 말대로 닉 리먼드의 행동이 심상치 않다고 생각하는 정호였다.

◇ ◆ ◇

닉 리먼드의 저택에서 생활하며 정호는 많은 업무를 처리하기 위해 부지런히 움직였다.

우선 20세기 폭시사의 대니 젤위거와 토비 워커를 만났다.

두 사람의 느낌이 많이 달라져 있었다.

토비 워커는 한결 부드러운 표정이었고 대니 젤위거는 자신감이 한껏 오른 표정이었다.

토비 워커의 경우는 할리우드 총격 사건 이후 사람 자체가 부드럽게 성장한 느낌이었다면, 대니 젤위거의 경우는 〈라스트 위크〉가 전 세계적으로 큰 성공을 거두면서 자신감에 영향을 받은 느낌이었다.

두 사람과의 얘기는 잘 통했다.

두 사람 모두 정호에게 굉장히 호의적인 사람이었기 때문에 더욱 그랬다.

성공적으로 미팅을 끝마치고 자리에서 일어나기 전에 토비 워커가 말했다.

"그럼 오 부장님의 요청에 따라 강여운 양이 출연하면 좋을 것 같은 저희 회사 작품을 추려서 보내겠습니다. 오 부장님께서는 강여운 양만이 아니라 좋은 배우가 있으면 언제든 소개시켜 주시면 감사하겠습니다."

"물론이죠. 곧 좋은 소식을 드리겠습니다."

다음은 일렉트로닉 레코드와의 미팅을 잡았다.

제이미 존슨은 제작 이사와 캐스팅 디렉터 등을 대동하여 미팅에 나왔다.

제이미 존슨과 함께였기 때문에 일렉트로닉 레코드와의 미팅도 순조로웠다.

"닉과 유나 양의 공동 앨범은 당초 계획대로 업무를 진행하겠습니다. 총 열두 곡이 들어갈 예정이고 더블 타이틀 두 곡을 제외한 모든 음원 수익은 무작위로 분배하여 나눕니다. 뿐만 아니라 공연 수익은 일렉트로닉 레코드와 청월 엔터테인먼트를 포함하여 배분하는데 그 배분 비율은 다음과 같습……."

미팅이 끝나고 제이미 존슨은 정호를 직접 닉 리먼드의 저택으로 데려다줬다.

정호를 조수석에 앉힌 채 제이미 존슨이 말했다.

"오 부장님은 미국에서도 바쁘신 모양이군요."

"하하, 아무래도 그렇군요. 제가 생각보다 미국에서도 인기가 많은 모양입니다."

순조롭다고 해서 미팅의 횟수나 시간에 큰 영향을 끼친

것은 아니었다.

실제로 정호는 20세기 폭시사와 두 번, 일렉트로닉 레코드와 세 번 미팅을 가졌고 미팅 시간은 평균적으로 대여섯 시간 정도가 소요됐다.

미팅 준비 시간까지 따져서 생각하면 정호는 정말 정신없이 바빴다.

제이미 존슨이 고개를 끄덕이며 말했다.

"밀린 일이 있으셨을 테니까요. 어쨌든 오 부장님이 바쁘게 움직이시는 덕분에 닉이 굉장히 신났습니다. 요즘 도무지 저택 밖을 나서지 않더군요."

제이미 존슨의 말을 듣자마자 정호의 머릿속으로 유미지의 얼굴이 스쳐 지나갔다.

정호가 설마, 하며 제이미 존슨의 표정을 살피자 제이미 존슨이 의미심장하게 웃고 있었다.

정호는 예상치 못한 타격을 받고 당황해했다.

'닉……'

◇ ◆ ◇

결국 정호와 유미지가 미국에 있던 일주일간 〈미스 하노이〉 측에서는 답변을 돌려주지 않았다.

정호와 유미지는 닉 리먼드의 아쉬움이 한껏 담긴 작별 인사를 받으며 한국으로 돌아왔다.

그리고 다시 한국에서 2주의 시간이 흘렀다.

그동안 정호는 평범하고 평화로운 나날들을 보내고 있었다.

그때 부장실의 전화기가 요란하게 울었다.

정호가 전화를 받자 오래 기다리던 목소리가 전화기 너머로 들려왔다.

"오 부장님, 오랜만입니다."

바로 조지 위즈덤의 목소리였다.

조지 위즈덤의 목소리를 듣는 순간, 정호는 어떤 대답이 돌아올지 알 수 있었다.

그리고 조지 위즈덤의 입에서는 정호의 예상대로 긍정적인 답변이 돌아왔다.

"결론부터 말씀드리자면 미지 양을 브로드웨이로 데려오기로 했습니다. 솔직히…… 고민이 많았습니다. 미지 양의 도전을 긍정적으로 보는 시선도 있었지만…… 부정적으로 보는 시선도 만만찮았거든요."

"그랬군요."

"그랬습니다……. 미지 양을 데려오자고 가장 먼저 제안했던 저 또한 고민을 했을 정도니까요……. 하지만 저희는 변화를 꾀할 때라고 생각했습니다. 저희도 〈미스 하노이〉를 향한 비판을 인지하고 있었기 때문입니다. 물론 위험성 높은 변화를 꾀할 생각은 없습니다. 그래서…… 선택을 했습니다."

"무슨 선택을 했습니까?"

"올해 말에 있을 30주년 기념 〈미스 하노이〉의 특별 공연 중 하나를 미지 양의 수정 대본으로 올리겠습니다. 물론 이 공연의 킴은…… 미지 양입니다."

물론 30주년 기념 〈미스 하노이〉 특별 공연의 본공연은 지금껏 최고라고 손꼽혔던 배우들이 꾸밀 예정이었다.

하지만 조지 위즈덤은 조금 더 특별하게 이번 30주년 기념 공연을 꾸밀 예정이라고 말했다.

간단하게 정리하자면 다양한 버전의 〈미스 하노이〉가 브로드웨이에서 동시에 막을 올릴 예정이었다.

"임시 극장을 세워 관객들의 많은 호평을 받았던 〈미스 하노이〉를 골라 공연의 막을 동시에 올릴 예정입니다. 미지 양은 그 공연 중에 하나를 맡게 될 예정이고요."

정호가 뭔가를 떠올리며 물었다.

"경쟁입니까?"

"그런 셈이죠. 가장 관객을 많이 모으는 공연팀에게 명예로운 감사패와 함께 감사금을 전달할 예정이니까요. 다음 〈미스 하노이〉의 출연 결정권도 우선적으로 부여할 생각이기도 하고요. 하지만 저희는…… 미지 양이 가장 많은 관객을 모을 거라고는 생각하지 않습니다. 다만 저희는 확인하고 싶습니다. 〈미스 하노이〉의 오랜 팬들이 미지 양의 킴을…… 어떤 시선으로 바라볼지."

조지 위즈덤이 이렇게 말을 꺼내자 정호는 왠지 가슴에 불이 붙는 듯한 느낌을 받았다.

정호가 그 감정을 최대한 억누르며 말했다.

"좋습니다. 한번 해보죠."

◇ ◆ ◇

정호로부터 상황을 전해들은 유미지도 의욕을 불태웠다.

"제 꿈을…… 〈미스 하노이〉의 오래된 팬들에게 반드시 보여주겠어요, 반드시."

의욕을 불태우는 건 유미지뿐만이 아니었다.

정호가 특별히 부탁하여 미국으로 동행하게 된 정 감독도 마찬가지로 의욕을 불태웠다.

"그런 식으로 말했단 말이죠? 너무 화가 나서 기찻길 아래의 터널처럼 콧구멍이 흔들릴 지경이에요."

정 감독은 정호로부터 조지 위즈덤이 했던 다른 이야기를 듣고 분노를 하는 중이었다.

정 감독은 연출가 내정 과정 중 생긴 일에 대해서 분노하고 있었다.

정호는 조지 위즈덤에게 새로운 〈미스 하노이〉의 연출가로 정 감독으로 데려올 수 있게 해달라고 부탁했는데 조지 위즈덤은 이 부분을 흔쾌히 허락하며 이렇게 말했다.

"잘됐네요. 가뜩이나 많은 연출가들이 미지 양의 새로운 〈미스 하노이〉를 맡길 꺼려했거든요. 저희로서도 아주 다행스러운 일입니다."

정 감독은 정호로부터 이 부분을 전해 들으며 분노를 폭발시켰다.

"저를 무시하는 건 신경 쓰지 않습니다. 하지만 이렇게나 좋은 작품을 무시하다니……! 오 부장님, 제가 꼭 가겠습니다. 제가 그 사람들에게 저의 콧구멍을 직접 보여주겠어요."

조금 독특하지만 어쨌든 정 감독은 합류 의사를 확실히 밝힌 셈이었다.

그다음 주, 정 감독이 합류한 정호 일행은 미국으로 향했다.

조지 위즈덤이 현지의 훌륭한 배우를 소개시켜 주고 전문가를 고용해 나머지 스태프를 꾸려 주겠다고 제안을 해왔다.

하지만 정 감독과 이미 이 부분에 대해서 상의를 마친 정호가 조지 위즈덤의 제안을 거절했다.

어쩔 수 없었다.

조지 위즈덤은 믿지만 조지 위즈덤이 고용할 사람들까지 믿는 것에는 어려움이 많았다.

어차피 준비할 기간은 충분했다.

경우에 따라서는 조금 빠듯하겠지만 부지런히 움직인다면 충분히 새로운 〈미스 하노이〉를 완성시킬 자신이 있었다.

정 감독은 최대한 핵심 스태프라고 할 수 있는 사람들을 한국에서 데려오고 싶어 했다.

오랫동안 같이 일했기 때문에 그 사람들은 정 감독의 연출 스타일을 잘 이해하고 있었다.

하지만 아쉽게도 모두 데려올 수는 없었다.

비자 문제는 조지 위즈덤을 비롯한 20세기 폭시사, 일렉트로닉 레코드 등의 도움을 받아 해결할 수 있었지만 언어 문제는 아니었다.

영어를 못한다면 현지 적응을 하느라 작업에 집중하지 못할 수가 있었고 기본적인 의사소통이 되지 않는 스태프가 많다면 현지 배우들이나 스태프가 위화감을 가지기 때문에 한 팀으로 움직이지 못할 가능성도 높았다.

영국 유학 시절, 몇 편의 뮤지컬을 무대에 올린 적 있는 정 감독은 이러한 문제들을 정호보다 명확히 인지하고 있었다.

"그나마 다행인 점은 무대 감독이나 조명 감독, 음향 감독 등이 저와 같은 영국 유학 출신이라는 점이군요."

"그 점은 저도 아주 다행이라고 생각합니다. 덕분에 핵심 스태프를 급하게 데려오지 않아도 됐으니까요."

핵심 스태프들이 비자를 발급받아 미국에 도착할 때까지 정호와 정 감독은 나머지 스태프를 모집하고 오디션을 봤다.

다행히 4대 뮤지컬 중 하나라는 〈미스 하노이〉의 명성과 높은 페이 덕에 합류를 희망하는 이쪽 업계의 사람들이 많았다.

정호와 정 감독은 동양인에 대한 편견이 없는 사람들을 우선적으로 선별하여 추가 오디션을 진행했다.

그래서 핵심 스태프들이 미국에 도착할 때쯤에는 모든 스태프를 고용할 수 있었다.

하지만 오디션은 이게 끝이 아니었다.

〈미스 하노이〉의 핵심 중에 핵심이라고 할 수 있는 배우들을 뽑을 차례였다.

배우 오디션에는 정호와 정 감독뿐만이 아니라 유미지와 핵심 스태프들도 참여했다.

새로운 〈미스 하노이〉의 배우를 뽑는 일인 만큼 신중한 태도와 접근 방식이 요구됐기 때문이었다.

다양한 배우들이 새로운 〈미스 하노이〉 팀의 오디션을 봤고 그 앞을 스쳐 지나갔다.

연기를 잘하는 배우, 연기를 못하는 배우는 기본이었고

동양인에 대한 차별이 있는 배우, 여성에 대한 혐오가 느껴지는 배우, 대사 자체를 숙지하지 못한 배우, 지나치게 자신감이 넘치는 배우, 과장된 제스처가 불편한 배우, 발성이 약한 배우, 노래 실력이 형편없는 배우, 밀키웨이의 팬인 배우, 연출가를 착각한 배우 등 다양한 유형의 배우들이 있었다.

심지어 위에서 언급한 유형들이 적게는 두 가지씩, 많게는 다섯 가지씩 섞여 있는 경우도 없지 않았다.

정 감독이 엔지니어 역을 지원한 222번째 배우가 오디션장을 나가자 입을 열었다.

"쉽지 않군요."

정호가 대꾸했다.

"네, 쉽지 않네요."

하지만 포기하지 않고 계속해서 오디션을 진행했다.

긴 기다림 끝에 좋은 배우들이 등장하기 시작했다.

그 배우들은 하나같이 정말 마른 땅에 단비 같은 배우들이었다.

결국 새로운 〈미스 하노이〉 팀은 모든 배우를 뽑는 데 성공했다.

미국에 도착한 지 거의 한 달이 다 되어 가는 시점이었다.

합류 날짜를 동일하게 지정하지 않고 배우가 합류하는 대로 유미지와 호흡을 맞추도록 했다.

팀 적응 기간을 줄이기 위한 소소한 방편이었다.

배우들의 호흡은 금방 좋아졌다.

비중이 굉장히 낮은 조연급 배우가 아니라면 〈미스 하노이〉에 대한 이해도가 높은 배우들로만 뽑았기 때문에 이 정도 호흡이 나오는 것은 어느 정도 당연한 결과였다.

다만 정 감독이 수정한 새로운 〈미스 하노이〉는 아무리 차별 의식이 없다고 해도 서양인으로서는 이해하기 힘든 부분이 있었다.

관객이 보기에는 아무것도 아니지만 배우는 모든 인물을 면밀하게 검토하고 연구할 필요가 있었다.

그러다 보니 배우들 입장에서는 생각지 못한 부분이 등장하기 마련이었다.

남자 주인공 크리스 역을 맡은 톰 베인은 특히 이런 부분에서 약했다.

백인으로 태어나 부유한 가정에서 자란 톰 베인이기 때문에 더더욱 그랬다.

단순하게 말하자면 톰 베인은 차별이라는 말 자체를 몰랐다.

그랬기 때문에 누구도 차별하지 않았지만 그렇다고 해서 차별받는 자의 심정을 이해할 수 있는 것도 아니었다.

새로 수정된 크리스는 차별받는 자의 심정도 어느 정도 고려한 동선으로 움직임을 가져가기 때문에 톰 베인은 혼란을 느끼고 있었다.

"감독님, 질문이 있습니다. 어째서 여기서 크리스는 이렇게 행동하는 거죠? 수정되기 전에는……."

그런 까닭에 톰 베인은 정 감독에게 질문을 많이 할 수밖에 없었다.

또 이 과정에서 톰 베인과 정 감독은 자연스럽게 가까워졌다.

워낙 마인드가 폭넓고 유연한 톰 베인이었기 때문에 정 감독의 설명을 스폰지처럼 흡수했다.

정 감독의 설명을 듣고 톰 베인이 무릎을 탁, 치며 말했다.

"아아! 그래서 크리스가 이렇게 대사를 하는군요! 대단합니다! 그리고 동시에 동양인들이 얼마나 힘들었는지 깨달을 때마다 마음이 무거워요. 새로운 〈미스 하노이〉의 크리스처럼 정말 생각이 깊은 사람이 되고 싶습니다."

또한 톰 베인은 정 감독뿐 아니라 유미지에게도 질문을 많이 하는 편이었다.

배움에 대한 열의가 높다 보니 바로 옆에서 연기를 하는 유미지에게 쉽게 질문을 했다.

그렇게 톰 베인이 유미지와 점차 친해졌다.

그러자 그 모습을 지켜보고 있던 톰 베인 외의 많은 배우들이 정 감독과 유미지에게 대본에 대한 질문을 하기 시작했다.

정호가 그 모습을 보며 생각했다.

'팀이 빠르게 하나로 뭉쳐지고 있군. 다행이다.'

◇ ◆ ◇

30주년 기념 공연을 3주 앞두고 조지 위즈덤과 다른 스태프들이 새로운 〈하노이〉 팀의 리허설을 확인했다.

조지 위즈덤과 다른 스태프들로서는 당연한 일이었다.

다소 급박하게 꾸려진 새로운 〈미스 하노이〉가 30주년 기념행사에 어울리는 공연인지 확인할 필요가 있었기 때문이었다.

지금까지 꾸준히 호흡을 맞춰온 새로운 〈미스 하노이〉의 리허설이 시작됐다.

킴(유미지) : 내 이름은 킴. 당신을 좋아해요, 크리스.

크리스(톰 베인) : 그런 말 마세요!

킴(유미지) : 제가 뭐라고 말했는데요?

크리스(톰 베인) : (죄책감에 시달리며) 이 돈을 드리겠소. 그러니 떠나시오. 당장 이곳을.

유미지와 톰 베인이 호흡을 맞출수록 조지 위즈덤과 다른 스태프들이 눈이 커져 갔다.

특히 유미지와 크리스가 함께 노래를 부르는 부분에서 조지 위즈덤은 "오 마이 갓!" 하고 소리를 지르기까지 했다.

리허설 무대가 끝나고 조지 위즈덤이 정호와 정 감독이 함께 앉아 있는 자리로 찾아와 말했다.

"솔직히 이 정도의 공연이 나올지는 몰랐습니다……. 이 곳에 오면서 가졌던 제 마음이 부끄러울 정도군요……. 공연 당일을 기대하겠습니다. 행운을 빕니다."

조지 위즈덤의 '이곳에 오면서 가졌던 마음'이 무엇일지 어렵지 않게 가늠할 수 있었다.

'기대감이 없었겠지……. 그들로서 기존의 〈미스 하노이〉는 이미 완벽하게 완성된 작품이었으니깐…….'

하지만 새로운 〈미스 하노이〉의 공연을 지켜본 그들의 반응은 달랐다.

조지 위즈덤만이 아니라 조지 위즈덤과 함께 온 모든 스태프들이 얼떨떨해하고 있었다.

그만큼 새로운 〈미스 하노이〉는 재미와 완성도 중 어느 것 하나 부족한 점 없이 완벽했다.

정호가 정 감독을 바라봤다.

정 감독은 조지 위즈덤과 스태프들의 반응을 보고 만족한 기색이었다.

'하지만 이게 끝이 아니다.'

정호의 생각대로였다.

아직 진짜 게임은 시작도 하지 않은 상태였다.

24장. 시작된 진짜

드디어 30주년 기념 〈미스 하노이〉 특별 공연의 당일 날.

아침 일찍부터 브로드웨이가 떠들썩했다.

미리 그럴듯하게 완성된 특별 공연장은 똑같이 〈미스 하노이〉라는 타이틀을 달고 공연을 할 예정인 수많은 스태프들의 분투가 벌어지고 있었다.

준비에 부족함이 있는 것은 아니었다.

'오히려 준비는 차고 넘친다……'

정호의 생각대로 현장 티켓팅, 예약자 확인, 길 안내도 배부 등의 일괄적인 시스템은 총 책임자인 조지 위즈덤의 진두지휘하에 이미 구색을 완벽하게 갖춘 상태였다.

도저히 임시로 지은 공연장에서 하는 행사라고는 생각되지 않을 정도로 완벽한 준비였다.

'역시 30년간 쌓인 노하우는 무시할 수 없다는 건가?'

하지만 이런 일괄적인 시스템이 준비할 것의 전부는 아니었다.

〈미스 하노이〉를 공연하는 총 다섯 개의 팀들은 각자의 색깔이 대체로 뚜렷한 편이었고 이 부분을 살리고자 팀마다 공연 전후 행사를 전부 다르게 준비한 상태였다.

이건 일종의 축제였다.

30년간 벼르고 벼려온 화려하고 성대한 대형 축제.

그런 까닭에 다양한 행사들이 준비됐고 준비된 행사들은 하나같이 수준 자체가 비범했다.

'이걸 뭐라고 해야 할지……. 디즈니랜드 같다고 해야 할까? 할리우드의 할로윈에 비견해도 손색이 없겠어.'

정호가 혀를 내두르며 행사 목록을 살폈다.

놀이동산처럼 배우들의 퍼레이드를 하는 팀도 있었고 의미 있는 판촉물을 만들어 무료로 배부하는 팀도 있었으며 대형급 초대 가수를 데려와 추가 공연을 꾸미는 팀도 있었다.

그러다 보니 준비를 아무리 잘했다고 해도 공연 당일까지 다소 어수선할 수밖에 없었다.

바깥 상황을 함께 살펴보던 유미지가 불안한지 정호에게 물었다.

"부장님······ 우리 지금이라도 뭔가 해야 하는 것 아닐까요······?"

정호는 아무것도 준비하지 않았다.

준비한 것이 있긴 했지만 다른 공연팀들에 비하면 아무것도 준비하지 않은 것이나 다름없었다.

하지만 정호는 유미지와 다르게 전혀 불안해하지 않았다.

'어차피 다른 공연팀이 준비한 모든 행사들은 아무 소용이 없다. 역시 내 생각대로군. 저들은 행사 전문가이긴 하지만 홍보 전문가는 확실히 아니야.'

정호에게 공연팀이 각자 준비한 행사는 전혀 위협적으로 느껴지지 않았다.

그럴 수밖에 없는 게 각 공연팀이 준비한 행사는 한 가지 이유로 인해 목적성이 변질되었기 때문이었다.

'원래 각 공연팀 목적은 당연히 자신들의 공연 홍보였겠지. 지금도 그렇고.'

하지만 총 책임자인 조지 위즈덤의 한 가지 전략으로 이 목적은 의미가 변질되고 말았다.

그 전략은 바로 어떤 팀의 티켓을 구입하더라도 30주년 특별 기념행사의 모든 것을 무료로 볼 수 있다는 것이었다.

이건 각 팀의 행사가 30주년 기념 〈미스 하노이〉 특별 공연의 전체 홍보에 쓰이도록 하기 위한 조지 위즈덤이 술수였다.

단순하게 말하자만 홍보의 대상을 치킨무에서 치킨으로 바꿔버린 것이었고 이 술수는 공연 한 달 전, 뻔한 내용이 적혀 있는 여러 공문에 섞여 내려왔다.

보통이라면 읽지 않고 그냥 넘길 수도 있는 공문들이었다.

하지만 정호는 꼼꼼하게 모든 공문을 챙겨 읽고 있었고 그 결과 이 공문도 놓치지 않을 수 있었다.

그리고 조지 위즈덤의 전략을 확인하자마자 정호는 정 감독과 함께 준비하던 행사를 모두 취소했다.

대신 새로운 걸 준비했다.

"부장님, 이쪽에 내려놓으면 될까요?"

스태프 중 한 사람이 커다란 박스를 다른 스태프들과 함께 든 채 물었다.

정호가 대답했다.

"네. 이쪽 안내 데스크 옆에 두세요."

스태프들이 박스를 내려놨고 정호가 박스를 열어 내용물을 확인했다.

정호는 준비한 것은 팸플릿이었다.

'좋아. 시안대로 잘 나왔군.'

정호가 준비한 팸플릿은 보통 팸플릿이 아니었다.

아주 특별한 팸플릿이었다.

'이 팸플릿에는 새로운 〈미스 하노이〉의 수정 이유와 방향이 적혀 있는 일종의 책이다. 전문 공연 평론가와 전공이 각기 다른 전문가들의 의견까지 챕터를 나눠 다뤘기 때문에 읽을수록 새로운 〈미스 하노이〉에 대한 다각적인 시선을 가질 수 있지.'

확실히 정호가 만들어낸 팸플릿은 팸플릿이라기보다는 책에 가까운 두께를 가지고 있었다.

하지만 그렇다고 해서 이 팸플릿이 어려운 설명만을 다룬 것은 아니었다.

적절한 요약 설명을 곁들여 굳이 팸플릿을 끝까지 읽으며 전문 지식을 탐독하지 않아도 새로운 〈미스 하노이〉에 대한 충분한 정보를 얻을 수 있게 했다.

'이 팸플릿은 가볍게 보면 아무것도 아니지만 읽을수록 빠져드는 새로운 〈미스 하노이〉의 심볼이나 다름없다. 분명 효과가 있을 거야.'

정호가 이렇게 생각했다.

그러나 준비한 한 수가 통할지는 두고봐야 했다.

특별 공연의 뚜껑이 열렸다.

예상대로 새로운 〈미스 하노이〉의 첫날 성적은 좋지 못했다.

한 달 전 진행된 온라인 예매에서부터 이미 예측한 일이었다.

기본적으로 특별 공연은 이미 예전에 〈미스 하노이〉를 관람한 바 있는 올드 팬들이 많이 찾았다.

뿐만 아니라 그중에서도 예전 〈미스 하노이〉에 큰 감명을 받은 사람들이 대다수였기 때문에 그 사람들은 자신을 감동시켰던 배우진을 찾아갈 수밖에 없었다.

그 결과, 새로운 〈미스 하노이〉는 첫날 두 차례의 공연 모두 관객석을 절반밖에 채우지 못했다.

그마저도 현장에서 티켓을 구매하러 왔다가 다른 공연이 모두 매진돼 어쩔 수 없이 새로운 〈미스 하노이〉를 보게 된 사람들이 대부분이었다.

하지만 새로운 〈미스 하노이〉를 보고 난 사람들의 반응은 들어갈 때와는 전혀 달랐다.

들어갈 때는 기대감이 거의 없거나 불쾌해하던 사람들이 공연만 보고 나면 이런 식의 반응을 보였다.

"놀라워! 이게 뭐지? 내가 도대체 뭘 본 거지?"

"내가 말했잖아. 특별 공연에 이름을 올리는데 재미없을 리가 없다고."

"아…… 그래도 이 정도일지는 몰랐어. 내 생애 최고의 〈미스 하노이〉였어. 아니, 내 생애 최고의 공연이었어."

몇몇 사람들은 부정적인 반응을 보기에도 했지만 그런 사람들은 정말 극소수였다.

편견을 가진 사람도 이 공연 앞에서는 얌전해질 수밖에 없었다.

이 공연이 편견을 가지지 말자는 교훈을 잘 드러내서가 아니었다.

정 감독이 수정한 대본에는 어떠한 교훈이나 주제도 담겨 있지 않았다.

오로지 전쟁의 참혹함과 한 여인의 사랑, 그리고 삶이 담겨 있을 뿐이었다.

그걸로 충분했다.

동시에 그래서 훌륭했다.

새로운 〈미스 하노이〉에는 어떠한 편견이 끼어들 자리가 없었다.

그러다 보니 편견을 가진 사람조차도 편하게 작중 인물인 킴의 말, 행동, 노래를 받아들였다.

'편견을 가진 사람이라고 편견이 담긴 장면을 마냥 순수하게 볼 수는 없다. 오히려 편견을 가졌기 때문에 편견을 가진 장면을 강화하기 위해 단서를 찾고 눈을 부릅뜨지.'

하지만 새로운 〈미스 하노이〉는 그럴 필요가 전혀 없었다.

논쟁거리를 교묘하게 벗어나 있었기에 오직 등장인물에만 집중할 수 있었다.

'이게 바로 새로운 〈미스 하노이〉가 가진 힘이다! 그리고 이게 진정한 명작의 힘이고!'

사흘째가 되자 정호가 준비한 그림이 슬슬 윤곽을 드러내기 시작했다.

먼저 각 팀이 준비한 행사들이 새로운 〈미스 하노이〉 팀을 도왔다.

아무 티켓만 구입해도 많은 볼거리를 한꺼번에 무료로 체험할 수 있다는 소식을 듣고 많은 사람들이 특별 공연장으로 모여들었다.

그리고 이 사람들은 무료 체험을 위해 새로운 〈미스 하노이〉 팀의 티켓을 구입했고 이왕 와서 티켓까지 산 김에 〈미스 하노이〉를 안 볼 수 없다고 생각한 사람들이 관객석을 채웠다.

어떤 이유로든 새로운 〈미스 하노이〉를 본 사람들의 반응은 한결같았다.

"안 봤으면 후회할 뻔했어!"

"뮤지컬이 원래 이렇게 대단한 건가……?"

"아니야……. 내가 브로드웨이에서 다른 〈미스 하노이〉를 본 적이 있는데 확실히 이 정도는 아니었어……!"

"대박이다! 이제 나는 뮤지컬을 사랑하게 될 것만 같다! 벌써 다시 보고 싶어!"

그렇게 어느새 새로운 〈미스 하노이〉는 현장 구매자들이 가장 많이 찾는 공연이자 재관람율이 가장 높은 공연이 됐다.

여기서 끝이 아니었다.

정호가 준비한 회심의 전략인 팸플릿도 서서히 빛을 발하기 시작했다.

처음에는 바로 반응이 나오지 않았다.

워낙 두꺼운 팸플릿이었기 때문에 현장에서 반응이 나올 수가 없었다.

하지만 시간이 흐르면서 팸플릿은 확실한 반응이 되어 돌아왔다.

특히 뉴욕 타이밍지에서 〈미스 하노이〉의 특별 공연을 하는 모든 팀들의 평을 남기면서 화제가 되었다.

그중에서도 유독 새로운 〈미스 하노이〉 팀에 대한 평이 눈에 띄었다.

—……완벽한 공연이 완벽한 전략을 만나 성공 가도를 예약하고 있다. 궁금한 점이 있다면 이 공연팀의 팸플릿을 봐라. 모든 궁금증이 해결되는 동시에 뮤지컬이라는 장르에 대한 이해도까지 높아진 스스로를 발견하게 될 것이다…….

이 평은 팸플릿 내용과 함께 온라인에 게제됐고 순식간에 뮤지컬 팬들 사이로 퍼져나갔다.

자연스럽게 새로운 〈미스 하노이〉를 찾는 사람들이 많아졌다.

각 공연팀들이 준비한 행사를 통해 자신의 공연을 제대로 홍보하지 못하는 가운데 벌어진 일이라 더 갚진 효과를 냈다.

[이번 공연은 역대급이야!]

[나는 〈미스 하노이〉의 노래를 좋아하지만 늘 내용에 관해서는 비판적인 시선을 고수해 왔어. 하지만 이번에는 그럴 필요가 없었지. 공연 내내 다른 생각은 아무것도 들지 않았으니깐.]

[진짜 안 본 사람은 꼭 봐야 해!]

[놓치지 마! 편견 넘치는 총책임자가 이걸 계속 공연하게 놔둘 리 없어.]

[인정하기 싫지만 맞는 말이지.]

[꼭 보자! 두 번 보자!]

결국 사흘째부터 각종 효과를 등에 업은 새로운 〈미스 하노이〉는 연일 관객석을 가득 채우며 성공 가도를 달렸다.

반대로 다른 공연팀들은 새로운 팬 유입에 어려움을 겪으며 점차 관객석이 조촐해졌다.

반토막이 난 정도는 아니었지만 확실히 관객석에 여유가 생겼다.

올드 팬들이 전부 다녀갔기 때문에 벌어진 현상이었다.

◇ ◆ ◇

2주간의 여정이 끝났다.

새로운 〈미스 하노이〉 팀의 공연은 마지막까지 관객을 끌어모았다.

유미지의 엔딩곡을 끝으로 마지막 공연이 드디어 막을 내렸고 모든 배우들이 나와 인사를 하자 관객들이 기립 박수를 쳤다.

정 감독이 관객들과 같이 일어나 박수를 치며 정호에게 말을 걸었다.

"드디어 끝이 났습니다. 이게 몇 번째 기립 박수인지 모르겠군요. 대단합니다."

진짜 놀랐는지 평소와는 다르게 멀쩡한 말투였다.

정호는 정 감독이 멀쩡한 말투를 쓴다는 것에 속으로 혼자 웃으며 대답했다.

"감독님이 직접 수정한 대본으로, 직접 연출한 공연 아닙니까? 저는 감독님이 더 대단하게 느껴집니다."

"그런가요, 하하하."

호탕하게 웃어젖히는 정 감독을 보며 정호가 생각했다.

'그나저나 진짜 몇 번째 기립 박수였더라? 스물다섯 번째 인가? 직접 눈으로 보고도 놀랍군. 이제 결과 발표만 남았군.'

곧 누적 관객에 대한 최종 발표가 있을 예정이었다.

결과는 이미 어느 정도 나와 있었다.

25장. 공연의 끝, 재회

모든 공연팀이 모였다.

최종 결과를 기다리는 공연팀들은 전부 다른 표정을 하고 있었다.

아주 오래전 은퇴를 했다가 30주년 기념 특별 공연을 위해 다시 돌아온 공연팀 멤버들은 표정부터가 편안해 보였다.

이제는 일선에서 물러나 조연으로 활동을 하는 배우들이 대부분인 공연팀의 멤버들도 평화롭기는 마찬가지였다.

평화로운 표정을 짓는 것은 공연 마감일에 가까워질수록 올드팬들의 숫자가 줄어들면서 관객석이 많이 허전해진 탓도 있었다.

가능성이 낮으니 마음을 비우고 이 순간을 추억으로 남길 셈이었다.

　반대로 아직 현역 배우로 왕성하게 활동을 하는 공연팀이나 비교적 최근에 〈미스 하노이〉에서 활약했던 공연팀의 멤버들은 기대와 긴장감이 얼굴 표정에 공존했다.

　감사패와 감사금도 감사패와 감사금이지만 다음 〈미스 하노이〉 출연에 대한 우선권을 얻을 수 있다는 점이 기대와 긴장감을 공존하게 하는 결정적인 이유였다.

　공연의 막바지까지 관객의 수를 평균 이상으로 유지했던 만큼 분명 가능성이 높은 팀들이기도 했다.

　정호는 각 공연팀들의 면모를 살피며 생각했다.

　'하지만 그렇다고 해서 격렬한 경쟁심이 느껴지는 정도는 아니군. 역시 특별 공연이기 때문일까?'

　새로운 〈미스 하노이〉 팀으로서는 다행스러운 일이었다.

　긴장과 기대를 하고 있긴 했지만 다른 팀이 가장 많은 관객을 끌어모았다고 시기나 질시를 할 것 같은 느낌은 아니었다.

　다들 이 공연이 일종의 축제라는 것을 인식하고 있었다.

　그때 한쪽 구석에 서 있던 새로운 〈미스 하노이〉 팀으로 누군가가 다가왔다.

　특별 공연 전부터 최다 관객을 모을 가능성이 가장 높다고 평가받던 공연팀이 있었는데 그 팀의 크리스 역을 맡은 배우였다.

정호가 점차 다가오는 잘생긴 얼굴의 금발 남성을 보며 생각했다.

'이름이 뭐였지? 케빈 맥도날드였나?'

그사이 다가온 케빈 맥도날드는 정 감독에게 말했다.

"안녕하세요. 정 감독님이시죠? 저는 케빈 맥도날드라고 합니다. 감독님의 바로 옆 공연장에서 크리스 역을 맡아 무대에 올랐죠."

"반갑습니다, 맥도날드 씨. 당신의 〈오페라의 악마〉를 굉장히 즐겁게 본 기억이 있는데 여기서 뵙게 되는군요."

정 감독의 말을 듣고 케빈 맥도날드가 기뻐했다.

"오오, 제 공연을 보신 적이 있군요! 영광입니다!"

정 감독이 겸손하게 대답했다.

"오히려 제가 더 영광이죠. 저는 작은 나라의 이름 없는 연출가일 뿐이고 당신은 브로드웨이의 스타니까요."

케빈 맥도날드가 손사레를 쳤다.

"아닙니다. 저는 사실 어제 정 감독님의 공연을 봤습니다. 엄청나더군요. 정말 모든 걸 잊고 〈미스 하노이〉에 집중했어요. 정 감독님, 당신을 존경합니다. 이 말을 꼭 하고 싶어서 당신에게 다가온 거예요."

정 감독이 대꾸했다.

"감사합니다."

정호가 멀쩡하게 대답하는 정 감독을 보며 슬쩍, 웃었다.

이번 공연을 통해서 알게 된 사실인데 정 감독을 영어를 쓸 때 특유의 이상한 표현을 전혀 사용하지 않았다.

이유는 알 수 없었지만 유학 생활 중에 인종 차별을 겪으며 생겨난 버릇 같았다.

그때 케빈 맥도날드가 새로운 〈미스 하노이〉 팀에 속한 배우들에게도 경의를 표했다.

"여러분, 모두를 존경합니다. 제가 어제 본 공연을 평생 잊지 못할 거예요. 특히 유미지 양의 킴은 정말…… 놀라웠어요."

케빈 맥도날드가 이렇게 말하고 있을 때 같은 공연팀의 어느 여배우가 다가왔다.

케빈 맥도날드의 공연팀에서 킴 역할을 맡은 여배우 줄리아 우드였다.

케빈 맥도날드가 줄리아 우드를 의식하며 말했다.

"저는…… 저와 함께한 킴이 지금까지 최고의 킴이라고 생각했는데 그만큼이나 훌륭한 킴이 또 있더군요!"

줄리아 우드가 끼어들었다.

"괜히 절 띄워줄 필요는 없어요, 케빈. 당신 옆에서 저도 정 감독님의 공연을 봤으니까요."

줄리아 우드는 유미지에게 악수를 청하며 말했다.

"반가워요, 줄리아 우드입니다. 미지 양, 세계 최고의 킴과 악수를 나눌 영광을 주시겠어요?"

유미지가 줄리아 우드의 손을 맞잡으며 말했다.

"저도 당신의 팬입니다, 우드 양. 이번 작품을 준비하면서 당신의 공연을 가장 많이 참고했거든요. 저야말로 이 악수가 영광입니다."

그렇게 두 여인이 훈훈한 분위기를 연출하고 있을 때 조지 위즈덤이 다른 스태프들을 대동하며 나타났다.

"많이들 기다리셨습니다. 결과가 나왔습니다."

조지 위즈덤의 말을 듣고 모든 공연팀들이 긴장했다.

평온하거나 평화롭던 팀들도 약간 긴장한 기색을 보였다.

조지 위즈덤이 한쪽 팔로 끌어안고 있던 판넬을 바라보며 말했다.

"특정 두 팀이 아주 비슷한 숫자의 총 관객수를 모았습니다. 계산을 해 보니 1678명밖에 차이가 나지 않더군요. 최다 관객을 동원한 팀은…… 새로운 〈미스 하노이〉를 선보인 정 감독의 공연팀입니다."

잠시 모든 공연팀이 정적에 휩싸였다.

하지만 곧 두 번째로 가장 많은 관객수를 동원한 공연팀의 멤버, 케빈 맥도날드와 줄리아 우드가 박수를 쳤고 그 박수를 시작으로 모든 공연팀들의 박수가 쏟아졌다.

인정과 격려가 담겨 있는 박수였다.

정호도 그들을 따라 박수를 치며 주변 분위기를 살폈다.

그러고는 생각했다.

'대부분 이럴 줄 알았다는 반응이군. 내가 너무 걱정한 모양이야.'

모든 공연팀은 휴식 일에 다른 공연팀의 공연을 보곤 했다.

물론 아무것도 하지 않고 푹 쉬는 사람들도 있었지만 이럴 때가 아니라면 특별 공연을 즐길 수가 없었기 때문에 공연팀마다 쉬는 날이면 다른 팀의 공연을 관람했다.

그랬기 때문에 모든 팀이 새로운 〈미스 하노이〉 팀의 공연을 관람한 상태였다.

워낙 새로운 〈미스 하노이〉 팀이 화제를 몰고 다녔기 때문에 다른 공연이라면 몰라도 이 공연만큼은 보지 않을 수 없었을 것이다.

그리고 공연을 본 공연팀의 모두가 한결 같이 놀랐다.

어느새 관객의 입장으로 〈미스 하노이〉를 즐기고 있는 스스로를 발견했기 때문이었다.

조지 위즈덤이 정 감독도 아닌 유미지에게 다가왔다.

그러더니 감사패를 내밀며 말했다.

"미지 양, 여기 있습니다. 당신의 멋진 꿈을 보여준 우리의 보답이……."

어느새 유미지를 바라보는 조지 위즈덤과 스태프들의 눈빛에는 호의과 존경이 담겨 있었다.

◇ ◆ ◇

새로운 〈미스 하노이〉 팀은 조지 위즈덤과 정식으로 계약을 맺었다.

조지 위즈덤은 능력 있는 총 기획자였기 때문에 정 감독과 힘을 합친다면 분명 더 훌륭한 〈미스 하노이〉를 만들 수 있을 게 분명했다.

특히 각종 기획과 홍보 부분에서의 능력을 특별 공연 중 입증한 상태라서 더 기대가 됐다.

계약서에 사인을 끝내고 조지 위즈덤이 정호에게 손을 내밀며 말했다.

"잘 부탁드립니다."

"저야말로 잘 부탁드리죠."

조지 위즈덤과 악수를 하며 정호가 속으로 생각했다.

'다행히 조지 위즈덤과 그 외의 스태프들은 동양인에 대한 편견이 강한 편이 아니다. 단지 〈미스 하노이〉에 대한 프라이드가 높았을 뿐이지.'

기본적으로 〈미스 하노이〉는 킴이라는 베트남 여성이 주인공인 뮤지컬이었다.

동양인에 대한 편견이 극단적이라면 이 뮤지컬에 프라이드조차 느끼지 못했을 것이다.

'확실히 끝이 보이는군.'

정호는 유미지의 장밋빛 미래가 눈앞에 그려지는 듯했다.

이제 유미지는 미국을 주 무대로 세계에서 활동할 예정이었다.

그런 까닭에 아쉽게도 더 이상 정호가 유미지를 케어해 줄 수 없었다.

총괄매니지먼트부 3팀도 관리해야 할 입장에 놓인 정호 였기 때문이었다.

언제까지 정 이사와 민봉팔에게 모든 업무를 미룰 수는 없었다.

정호는 상의와 고민 끝에 서수영을 미국으로 불러들였다.

유미지를 케어할 사람으로는 아무래도 남자인 곽진모보 다는 서수영이 여러모로 나았다.

정식 계약을 맺은 며칠 후, 서수영이 미국으로 날아왔고 정호는 한국으로 돌아갈 채비를 했다.

짐을 싸고 있는 정호의 방으로 유미지가 찾아왔다.

"내일 바로 가시는 거예요……?"

"아, 미지 왔구나. 그래야지 아무래도. 워낙 나를 찾는 사람들 많잖아. 한국에서도. 하하하."

어색한 분위기를 깨기 위해 웃는 정호를 보며 유미지는 뭔가를 말하려는 듯 망설였다.

앉아서 짐을 싸던 정호가 빙긋, 웃으며 자리에서 일어났 다.

눈높이를 맞춘 채 정호가 말했다.

"고맙다고 말하려고 그러지? 그럴 필요 없어. 네가 잘해 서 해낸 일이잖아, 전부. 그래도 정 고맙다면…… 더 성공 해, 미지야. 그게 나한테 보답하는 거야."

유미지가 눈물을 글썽이며 정호를 바라봤다.

"부장님……."

정호는 말없이 유미지의 머리를 쓰다듬었다.

유미지는 잠시 진짜 친동생이 된 것처럼 정호의 손길을 느끼다가 말했다.

"그래도 꼭 말해야겠어요……. 고마워요……. 정말 고마워요……."

◇ ◆ ◇

서수영에게 특히 닉 리먼드를 조심하라고 몇 번이나 경고를 한 뒤 한국으로 돌아온 정호는 출근 첫날, 새로운 신입 사원부터 받았다.

인력 부족을 정호가 따로 보고한 것은 아니었고 회사가 성장함에 따라 자연스럽게 상부의 적절한 인사 조치가 내려진 것이었다.

총괄매니지먼트부 3팀에는 다섯 사람의 신입 매니저가 추가됐다.

"여러분 반갑습니다. 저는 총괄매니지먼트부 3팀의 팀장을 맡고 있는 오정호 부장이라고 합니다."

신입 매니저들은 정호의 간단한 인사와 함께 각자의 자리로 배정을 받았다.

밀키웨이 쪽에 두 사람, 타이탄 쪽에 두 사람, 블루 도넛

쪽에 한 사람을 붙였다.

지해른이나 강여운에게는 추가적으로 매니저가 필요한 상황이 아니라는 게 정호의 판단이었다.

민봉팔도 이 부분에 대해서 동의했다.

"확실히 해른이는 지태, 여운이는 만철이가 밀착 마크를 하고 있지. 차라리 이 기회에 우리 회사 간판 스타인 밀키웨이의 전 멤버들에게 한 사람씩 매니저를 붙여주고 인력이 부족한 타이탄에 추가 인원을 확보해 주자. 맨날 임시로 사람을 붙여 줬던 블루 도넛에도 전담 마크 한 명을 세우고."

"역시 그게 좋겠지?"

"응. 그렇게 하는 게 최선인 것 같아."

정호는 민봉팔과 상의한 대로 인원 배치를 완료했다.

그런 뒤, 한동안 총괄매니지먼트부 3팀의 내실을 다지는 데 노력했다.

휴식기를 끝내고 다시 작업에 들어가야 하는 멤버들이 많아서 복잡한 부분이 많았고, 신유나와 닉 리먼드의 공동 작업 앨범이 발매를 2주일 앞에 둔 상황이라 더 정신이 없었다.

그래도 다행히 부지런히 노력한 결과, 일이 다 잘 풀렸다.

신유나와 닉 리먼드의 공동 앨범 더블 타이틀곡은 두 곡 모두 빌보드 차트의 한 자리 수 순위로 진입했고 곧 이번 주 내로 1위 자리에 안착할 예정이었다.

뿐만 아니라 강여운과 지해른은 오랜만에 안방극장에 복귀할 예정이었다.

최근 몇 년간 굵은 족적을 남겨온 채 작가의 신작 드라마였다.

〈내 사랑 티라미수〉로 청월과 인연을 맺었던 채 작가와 기대되는 재결합이었다.

무엇보다 강여운과 지해른이 각각 메인 주인공과 서브 주인공의 역할을 맡는다는 점이 청월 입장에서는 엄청난 의미가 있었다.

'심지어 서연이와 블루 도넛이 드라마 OST를 부르기로 했으니…… 이건 완전 청월 기획 드라마 수준인데?'

그렇게 기대되는 거대한 프로젝트가 정호를 기다리고 있는 가운데 우연히 열어본 메일함에서 반가운 이름을 발견했다.

―안녕하세요, 오정호 부장님……. 저를 기억하시는지 모르겠습니다……. 제 이름은 정문복이라고 합니다…….

정호에게 신뢰 포인트 결제의 교훈을 주었던 인물, 정문복에게서 뜻밖의 메일이 도착해 있었다.

〈5권에 계속〉